KB268765

風林火山

풍림화산

임영기 新무협 판타지 소설

FANTASTIC ORIENTAL HEROES

풍림화산 2
임영기 新무협 판타지 소설

초판 1쇄 찍은 날 § 2010년 3월 19일
초판 1쇄 펴낸 날 § 2010년 3월 26일

지은이 § 임영기
펴낸이 § 서경석

편집장 § 문혜영
편집 § 주소영

펴낸곳 § 도서출판 청어람
등록번호 § 제1081-1-89호
등록일자 § 1999. 5. 31
어람번호 § 제2-1907호

주소 § 경기도 부천시 원미구 심곡2동 163-2 서경B/D 3F (우) 420-822
전화 § 032-656-4452 팩스 § 032-656-4453
http://www.chungeoram.com
E-mail § chungeoram@chungeoram.com

ⓒ 임영기, 2010

ISBN 978-89-251-2125-3 04810
ISBN 978-89-251-2123-9 (세트)

※ 파본은 구입하신 서점에서 교환하여 드립니다.
※ 저자와 협의하여 인지를 붙이지 않습니다.
※ 이 책은 도서출판 청어람과 저작자의 계약에 의해 출판된 것이므로,
　무단 전재 및 유포 · 공유를 금합니다.

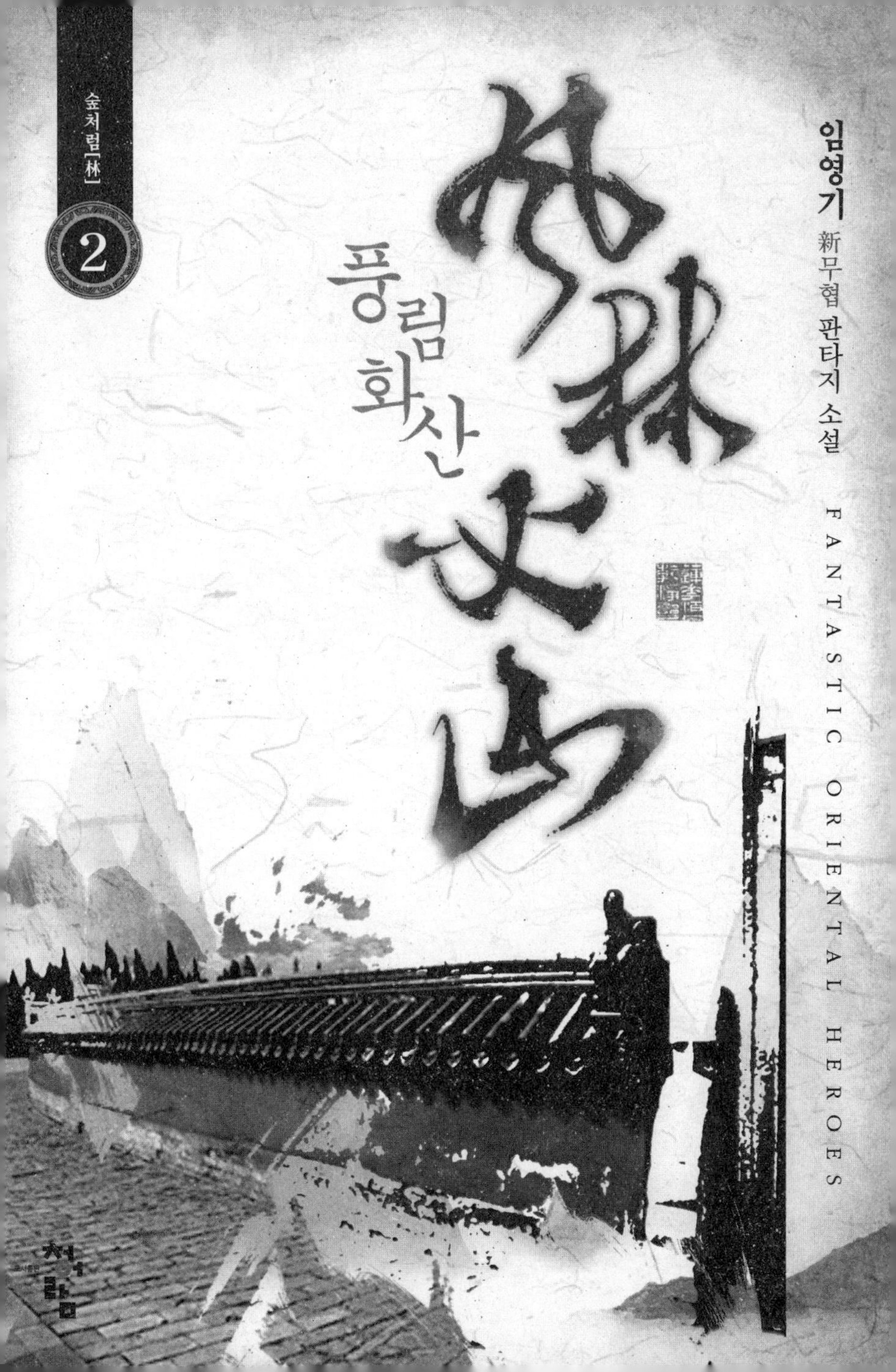

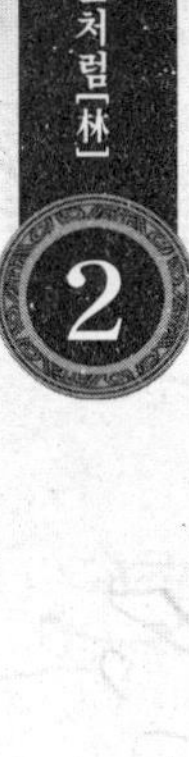

숲처럼[林]
2
風林火山
풍림화산
임영기
新무협 판타지 소설
FANTASTIC ORIENTAL HEROES

目次

第十二章
주먹에 운명을 걸었다

풍림화산
풍림화산

　혈랑파는 항주 성내에 독버섯처럼 붙박고 있는 열 개의 건달 조직 중에서 세 번째로 강하고 또 세력이 컸다.

　항주성을 여러 개로 분할한 한쪽 구석 용정로에는 세 개의 건달 조직이 어깨를 나란히 한 채 도토리 키 재듯이 티격태격하고 있었는데, 그중에서 제일 강한 조직이 혈랑파였고, 두 번째가 살모사가 두령으로 있는 흑사파였으며, 마지막이 광풍파(狂風派)였다.

　혈랑파가 용정로 전체의 칠 할을, 흑사파가 이 할, 광풍파가 일 할을 나누어 상인들의 고혈을 빨아먹고 있었다.

청산은 돌덩이처럼 딱딱하게 굳은 얼굴로 힐끗 단운비를 쳐다보았다. 단운비의 표정은 이각 전에 '정면으로 부딪치겠다'라고 말했을 때나 변함이 없다.

"너는 이곳에서 기다려라."

단운비는 시선을 정면에 고정시킨 채 규칙적인 보폭으로 걸어가면서 중얼거리듯이 말했다.

"주종은 하나입니다."

청산은 단운비 옆에서 나란히 걸으면서 흔들림없이 말했다. 고집이라면 단운비 못지않은 그다.

그는 얼마 전 항주 성문을 들어서면서 단운비에게 물었었다.

"시랑이 누굽니까?"

"건달 조직 혈랑파 두령. 두 손에 쇠갈퀴를 달아 무기로 쓴다는 것 외에는 더 이상 모른다."

그리고 단운비는 곧장 혈랑파가 있는 용정로로 방향을 잡은 채 대로 한복판을 당당하게 걸어갔고, 청산은 그의 곁에서 바짝 따랐다.

항주성의 수많은 거지들은 대로 한복판으로 걸어가는 단운비와 청산을 보고서도 함부로 나서지 못했다.

거지가 성내 대로를 버젓이 걸어가서는 안 된다는 거지들의 규칙이 엄연히 존재했지만 단운비만은 예외였다.

석 달 전, 벽검궁 소궁주의 명령이 있었기 때문이다. 거지들은 아무도 단운비를 괴롭혀서는 안 된다는.

통상적으로 거지가 거지를 괴롭히지 않는다면 거지를 괴롭힐 사람은 별로 없다.

하오문이든 건달이든 하찮은 거지 따윈 상대하지 않는다. 그러므로 일반인들이야 두말할 것도 없다.

행인들은 오히려 당당하게 걸어가는 두 명의 거지, 단운비와 청산을 피해서 지나치며 하나같이 코를 틀어막았다.

두 사람 몸에서는 슬쩍 맡기만 해도 구역질이 나거나 머리털이 모조리 빠져 버릴 것 같은 극심한 악취가 풍겼기 때문이다.

그때 단운비와 청산이 걸어가는 전면에서 두 명의 무림인이 마주 걸어오고 있었다.

그들은 푸른색 벽의 경장 차림에 오른쪽 어깨에 푸른 벽검을 메었으니 다름 아닌 벽검궁의 검수였다.

그들은 둘이서 뭔가 얘기를 나누느라 미처 단운비와 청산을 발견하지 못한 것 같았다.

청산은 무심코 단운비를 쳐다보다가 움찔 표정이 변했다.

단운비는 마주 걸어오는 벽검궁의 고수, 즉 벽검고수(碧劍高手)를 뚫어지게 쏘아보고 있는데 그의 두 눈에서 은은한 살기가 뿜어지고 있었기 때문이다.

단운비는 벽검궁에 좋지 않은 감정, 아니, 원한이라고까지 말할 수 있는 것을 품고 있다.

한 번은 벽검궁 수문무사들에게 몰매를 맞아서 저승 문턱까지 다녀왔고, 또 한 번은 예소약에게 이유없이 공격당했다. 두 번째는 고통보다 치욕이 더 뼈아팠었다.

그래서 벽검궁을 상징하는 푸른색만 봐도 이가 갈렸고 속이 뒤집히는 것을 어쩌지 못했다.

그에게 절세의 무공이 있었다면 당장 벽검궁에 쳐들어가서 쑥밭으로 만들어 버렸을 것이다.

하지만 성내의 건달 두령 시랑 따위를 죽이려고 전전긍긍하고 있는 보잘것없는 실력으로는 어쩔 도리가 없다.

벽검궁의 검수가 성내 대로를 걸어가면 의례히 모든 사람들이 알아서 길을 비켜준다.

벽검궁에 대한 최상의 존경의 표시인 것이다. 그런데 하물며 거지 따위가 벽검궁 검수와 부딪칠 듯이 정면으로 당당하게 걸어가고 있으니 무모할 정도가 아니라 아예 자살 행위로 보였다.

다행인지 불행인지 두 명의 벽검궁 검수는 대화에 열중하느라 단운비와 청산이 반 장 앞에 이르도록 그들의 존재를 알아차리지 못했다.

청산은 당황해서 어쩔 줄 모른다던가 도망치려고 주춤거리던가, 단운비를 보면서 어떻게 해야 하느냐고 묻는 따위의 소인배 같은 행동을 결코 취하지 않았다.

다만 주군이 가므로 수하도 간다. 그런 마음만 굳게 지니고 있었다.

"윽! 뭐야, 이 냄새는?"

"우욱! 지독한 냄새! 토할 것 같군!"

급기야 두 명의 검수는 걸음을 멈추고 자신들의 코를 틀어쥐면서 오만상을 찌푸렸다.

그들은 즉시 지독한 악취의 진원지를 찾아냈다. 바로 자신들의 코앞에 우뚝 서 있는 단운비와 청산 때문이었다.

"뭐냐, 네놈들은?"

검수들은 급히 서너 걸음 물러서며 노성을 질렀다. 이어서 그들은 악취의 반경을 벗어난 곳에서 맑은 공기를 연신 들이마시며 더러워진 폐를 씻어내기에 바빴다.

"이놈들아! 당장 길가로 꺼져라!"

검수 한 명이 단운비와 청산에게 대로변을 가리키면서 신경질적으로 외쳤다.

무림인이 거지들을 때리거나 죽이는 경우는 거의 없다. 그러므로 악취 때문에 두 명의 벽검궁 검수는 단운비와 청산을 어떻게 하진 않을 것이다. 다만 쫓아버릴 뿐이다.

그러나 단운비는 두 발에 뿌리가 내린 듯 그 자리에서 꿈쩍도 하지 않았다.

청산도 단운비를 닮아 있었다. 주군이 움직이지 않으니 수하인 청산도 움직이지 않을 수밖에.

"이놈들이?"

검수들은 어이없다는 표정을 지었다. 그러나 그 표정은 오래가지 않았다.

단운비의 두 눈에서 지독한 안광이 쏟아져 나오고 있는 것을 발견했기 때문이다.

단운비는 자신의 가슴속에서 타오르는 원한을 고스란히 눈빛에 담았다.

감추고 싶은 생각도, 감춰야 할 이유도 없다. 그는 노골적인 적의를 드러내며 검수들을 노려보았다.

그리고 놀라운 일은 그때 일어났다.

두 명의 검수가 눈에 띌 정도로 움찔 가볍게 몸을 떨었다. 그뿐 아니라 그들의 얼굴에 한순간 엷은 두려움이 깔렸으며 동공조차도 가벼이 흔들렸다.

그런 기이한 반응은 그들이 단운비의 눈빛을 접한 직후에 벌어졌다.

그들은 강한 담력을 타고나지 않았거나 수양이 깊지 않은 게 분명했다.

두 검수의 두 번째 반응도 같았다. 혹시 단운비가 거지들의 무림 대방파인 개방(丐幫)의 고수가 아닌가, 아니면 무림고수가 거지로 변장을 한 것인가를 재빨리 눈으로 살피면서 머리를 회전시켰다.

"너희 벽검궁은 내게 또 볼일이 있느냐?"

그때 단운비가 입을 거의 벌리지 않은 채 나직이 중얼거리

듯 물었다. 나직했지만 원한이 뚝뚝 묻어나는 목소리였다.

검수들은 방금 전 단운비의 눈빛을 접했을 때와 똑같은 표정을 떠올렸다.

그들은 단운비의 눈빛이나 눈 속에서 무공을 익힌 자들이 지니는 기광(氣光)을 발견하지 못했고, 또한 단운비의 태양혈(太陽穴)이 튀어나오지 않고 밋밋한 것을 보고 그가 무공을 익힌 적이 전혀 없거나 내공을 속으로 갈무리하는 삼화취정(三花聚精)의 경지에 이른 것이 아닐까 하고 순간적으로 생각했다.

단운비나 청산은 얼굴에 두껍게 때가 끼어 있고 머리카락은 봉두난발이어서 용모는커녕 나이조차 가늠하기 어려웠다. 다만 방금 전의 목소리로 미루어 젊다는 것을 어렴풋이 짐작할 뿐이었다.

"볼일이 없다면 썩 비켜라."

단운비는 다시 조용히 중얼거렸다. 조용하지만 검수들에겐 으르렁거리는 소리로 들렸다.

단운비는 굳이 허세를 부릴 생각은 눈곱만큼도 없었다. 그저 가슴에 맺힌 것을 드러낼 뿐이었다.

두 명의 검수는 단운비가 처음 한 말의 뜻을 생각해 내려고 애썼다.

그는 조금 전에 '너희 벽검궁은 내게 또 볼일이 있느냐?'라고 말했다.

그 말은 그가 이미 벽검궁과 한차례 이상의 부딪침이 있었다는 사실을 의미했다.

게다가 이 두 명의 거지가 정말 거지라면 대로를 활보할 수도, 벽검궁 검수인 자신들 면전에서 이렇게 당당할 수도 없을 터이다.

긴가민가하는 상황에서는 피하는 것이 상책이라는 것을 대다수 무림인들은 보편적인 상식으로 삼고 있다.

확실하다고 여기고 부딪쳐도 낭패를 당하기 일쑤인데, 상대를 제대로 파악도 하지 못한 상태에서의 싸움이라는 것은 십중팔구 좋지 않은 꼴을 당하기 십상인 것이다.

스슥—

두 명의 검수는 잠시 망설이는 것 같더니 양쪽으로 길을 터주었다.

많은 행인들이 이 상황을 지켜보고 있다는 것쯤은 문제가 되지 않았다. 창피보다는 목숨이 더 소중한 법이니까.

저벅저벅—

단운비와 청산은 나란히 당당하게 두 명의 검수 사이를 걸어서 지나쳤다.

'우욱!'

'허걱!'

그 순간 두 명의 검수는 또다시 머리털이 다 빠질 것 같은 악취 때문에 황급히 숨을 멈춰야만 했다. 그러나 처음처럼 코를 틀어쥔다거나 고개를 돌리지는 않았다.

검수들은 멀어지는 단운비와 청산을 보면서 그제야 숨을 몰아쉬며 계속 고개를 갸웃거렸다.

저 거지들이 정말 숨은 무림고수일까 하는 것을 생각하고 또 생각했다.

그러느라 그들은 자신들 본연의 임무를 잠시 망각하고 있었다.

그들 두 명의 검수는 한 명의 거지를 찾아오라는 소궁주의 엄명을 받고 항주성에 온 벽검궁 삼 개 향 사십오 명 중의 두 명이었다.

소궁주가 찾아오라는 거지는 바로 단운비였고, 이들 두 명은 방금 지나친 거지 중 한 명이 단운비일 줄은 꿈에도 생각하지 못했다.

지금 단운비의 모습은 예소약이 수하들에게 설명해 준 단운비의 석 달 전 모습보다 몇 배 이상 더 더럽고 새카만 얼굴이었기 때문에 알아보지 못한 게 당연했다.

만약 그들이 단운비를 알아보고 힘으로든 무엇으로든 그를 제압해서 벽검궁으로 데려갔더라면 단운비와 예소약이 세 번째 조우를 하게 됐을 것이고, 자연히 단운비의 운명은 변하게 됐을 것이다.

그렇게 운명은 또다시 단운비의 곁을 슬쩍 비껴 지나갔다.

단운비는 검수들을 지나치자마자 즉시 그들에 대해서는

잊어버리고 시랑에 대한 생각을 다시 이었다.

단운비와 청산이 걸어가자 조금 전의 광경을 목격한 행인들이 썰물처럼 양쪽으로 갈라지면서 길을 터주었다.

벽검궁 검수들조차 겁을 먹고 비켜선 두 거지에게 길을 터주지 않을 배짱을 지닌 행인은 아무도 없었다.

"위험했습니다."

청산이 전면을 주시하면서 걸으며 나직이 중얼거렸지만 단운비는 대답하지 않았다.

단운비는 청산이 무슨 말을 하는지 안다.

"난 벽검궁에 좋지 않은 감정이 있어."

청산은 나직한 어조로 어떤 얘기를 들려주었다.

"언젠가 제가 백호로 주둔하고 있던 섬서의 어느 산중에서 맹호(猛虎)와 살쾡이가 대치하고 있는 흔치 않은 광경을 우연히 목격한 적이 있었습니다. 맹호는 그저 태연히 다른 곳을 두리번거리거나 혀로 자신의 몸을 핥고 있는 것에 반해서, 살쾡이는 당장이라도 맹호에게 덤벼들 것 같은 기세로 연신 으르렁거렸습니다. 그러나 으르렁거리기만 할 뿐 감히 덤벼들지는 못했습니다. 결국 잠시 후에 맹호가 앞발로 가볍게 살쾡이의 머리를 쳐서 박살 내는 것으로 싸움 같지 않은 싸움은 싱겁게 끝났지요. 그리고 맹호는 유유히 그곳을 떠났습니다."

"조금 전의 내 행동이 살쾡이 같았다는 뜻이로군."

“죄송합니다.”

단운비가 단번에 말뜻을 알아차리자 청산은 가볍게 고개를 숙였지만 얼굴에는 말과는 달리 조금도 죄송한 표정을 짓고 있지 않았다.

“나는 살쾡이가 아니다. 단지 분노를 드러냈을 뿐이지.”

“그래도 맹호가 보기에는 가소로울 겁니다. 그리고 목숨이란 누구에게나 소중하지요.”

단운비도 청산도 그것으로 입을 다물었다.

그러나 단운비는 한 가지 사실을 깨달았다. 그래서 다시는 살쾡이 같은 행동은 하지 말아야겠다고 내심으로 다짐했다.

현재의 그는 백지처럼 흰 상태다. 그 백지에 그림을 그리는 사람은 그 자신이다.

백지에는 현재까지 분노와 원한과 얕은 무공 실력과 석 달 보름간의 밑바닥 생활에서 얻어진 작지만 큰 의미의 경험들이 하나둘씩 채색되고 있었다.

시랑은 낮잠치고는 꽤 길게 한 시진 반이나 자다가 부스스 깨어났다.

‘봄이라 그런가? 웬 식곤증인지……’

그가 침상에서 상체만 일으켜 비스듬히 눕듯이 앉은 채 내심 중얼거리고 있을 때 심복 한 명이 조심스럽게 실내로 들어섰다.

　오후부터 밤까지 혈랑파의 두령인 시랑이 해야 할 일과 오전 동안에 있었던 일들에 대한 보고를 하기 위해서였다.

　거의 매일 변함이 없는 일상이라서 보고할 만한 일도 별로 없지만 심복 수하는 하루도 빠짐없이 오전과 오후 두 차례에 걸쳐서 두령에게 보고를 올렸다.

　"…이상입니다."

　심복 수하는 짧은 보고를 마치고 공손히 허리를 굽혔다.

　다른 건달 조직과는 달리 시랑은 예절이나 형식 따위를 지나칠 정도로 깐깐하게 따졌고, 수하들에게도 거의 강제적으로 예절을 지키게 했다.

　그가 그러는 것은 기실 그는 무림계를 동경하고 있었고, 언젠가는 무림인이 되는 것이 꿈이었기 때문에 지금부터라도 무림 예법을 습관화하려는 의도에서였다.

　시랑은 가느다랗게 찢어져서 사람들에게 두려움을 주는 눈을 끔뻑거렸다. 잠은 완전히 깼는데 하품이 쩍쩍 났다.

　그는 끝이 눈에 띄게 구부러지고 큼직한 매부리코를 하릴없이 슥슥 매만지다가는 주걱처럼 앞으로 꺾인 턱을 쓰다듬었다. 지독하게 심심하다는 뜻이다.

　심복 수하는 나가려고 하다가 시랑의 그런 모습을 보고 걸음을 멈췄다.

　그의 얼굴에 보고를 할까 말까 하는 표정이 언뜻 떠올랐다가 즉시 사라지고는 다시 걸음을 옮겼다.

"보고할 게 더 있느냐?"

만약 시랑이 그렇게 묻지 않았더라면 수하는 그냥 나갔을 것이다. 아주 하찮은 일 하나를 덮어둔 채.

"아까 웬 거지새끼 두 놈이 찾아와서 얼토당토않은 소리를 지껄이기에 일단 창고에 가두어놨습니다만, 두령께서 신경 쓰실 일은 아닙니다."

"거지새끼 두 놈?"

건달들에게 거지는 그냥 거지가 아니라 뒤에 반드시 '새끼'를 붙여야 할 만큼 하찮은 존재다.

시랑은 무료할 정도가 아니라 심심해서 하품만 하다가 입이 찢어질 지경이었다.

웬 거지새끼가 아니라 하다못해 바퀴벌레 한 마리하고도 놀고 싶은 심정인 것이다.

"허헛! 글쎄 그 거지새끼가 두령과 일대일로 싸우고 싶다고 떠들어대는 겁니다. 좀 이따가 아이들을 시켜 죽여서 내다 버릴 테니 두령께선 신경 쓰지 마십시오."

심복 수하는 어이가 없다는 듯 너털웃음을 터뜨리면서 설명했다.

그의 너털웃음과는 반대로 시랑은 갑자기 기운이 솟구쳤다. 그는 벌떡 일어서며 성큼성큼 문 쪽으로 걸어갔다.

바퀴벌레보다는 그래도 사람인 거지새끼를 데리고 놀며 심심해서 죽을 것 같은 이 무료함을 달래는 편이 조금쯤은 더 나을 것이라고 생각했다.

"어떤 놈인지 마당으로 끌어내라."

"두령, 그놈들은 보통 거지하곤 좀 다릅니다."

"다르다면 더 재미있겠지."

시랑은 방금 전보다 더 흥이 나서 방문을 활짝 열고 나가며 콧노래라도 부르는 듯한 어조로 내뱉었다.

하나 그는 심복 수하의 말을 끝까지 들었어야 했다. 심복 수하는 그 두 명의 거지가 지독한 악취 덩어리라는 말을 하려던 참이었다.

"우라질……."

시랑은 코를 틀어막으면서 급급히 뒤로 서너 걸음 물러나는데 입에서는 자신도 모르게 욕설이 튀어나왔다.

그는 마당에 나란히 서 있는 두 명의 거지를 보자마자 한달음에 달려나갔다가 그보다 더 빨리 물러나고 말았다.

그는 이처럼 지독한 악취는 생전 처음 맡아보았다.

악취를 맡는 순간 창자가 꼬이면서 며칠 전에 먹은 것까지 다 올라오려고 기를 썼으며 머리털이 모조리 빠져 버릴 것만 같았다.

"우라질! 저 새끼들, 당장 죽여서 내다 버려라!"

시랑은 생각지도 않았던 악취를 맡게 되자 바퀴벌레와도 놀고 싶을 정도로 무료했던 조금 전의 기억을 깡그리 잊어버리고 계속 뒤로 물러서면서 두 명의 거지를 가리키며 냅다 소리쳤다.

두령의 명령이 떨어지자 대기하고 있던 열 명의 건달들은 그럴 줄 알았다는 듯한 표정을 지었다.

이어서 그들 중 두 명이 몽둥이를 움켜쥐고 두 명의 거지에게 느릿하게 다가갔다.

그러나 악취 때문에 가까이 다가가지는 않고 몽둥이가 닿을 수 있을 만한 거리에 멈춰 서서 몽둥이를 치켜들었다. 손을 대지 않고 몽둥이로 때려죽이려는 의도였다.

바퀴벌레나 파리를 손가락으로 눌러서 죽이는 사람은 많지 않을 터이다.

내장이 터져서 손에 묻으면 그것만큼 더러운 것도 없기 때문이다.

건달들에겐 악취가 나고 더러운 두 명의 거지가 바퀴벌레나 파리 같은 존재였다.

악취를 맡기도 싫었지만 거지새끼들의 피가 튀는 것은 더 참기 어려웠다.

"에이! 버러지 같은 놈들!"

시랑은 대전 입구로 걸어가며 이맛살을 찌푸리면서 투덜거렸다. 방으로 들어가서 다시 뒹굴 심산이다.

"네가 시랑이냐?"

그때 등 뒤에서 불쑥 들려오는 나직한 음성에 시랑은 뚝 걸음을 멈추었다.

'강적이다!'

시랑은 그 음성의 주인이 방금 자신이 죽여서 내다 버리라고 명령한 거지 중의 한 명일 것이라곤 추호도 생각하지 못했다.

왜냐하면 방금 그 나직한 음성에는 힘이 실려 있었으며, 은은한 위엄과 살의마저 짙게 깔려 있는 것을 감지했기 때문이다.

그래서 그는 강적이 출현했다는 것을 직감하고 극도로 경계하며 재빨리 획 몸을 돌렸다.

이어서 번개같이 눈동자를 굴려 음성의 주인을 찾으려고 했지만 마당 어디에도 그가 예상하고 있는 강적의 모습은 보이지 않았다.

시랑은 여태까지의 무료함이 씻은 듯이 사라지면서 온몸이 극도의 긴장으로 팽팽해지는 것을 느꼈다.

그는 이런 긴장감을 좋아했다. 그래서 그는 어쩔 수 없는 싸움꾼이었다.

'후후… 쉽사리 모습을 드러내지는 않을 것이라고 예상했었다.'

시랑은 무림을 동경할 뿐만 아니라 무림인처럼 말하고 행동하며 생각하는 것을 즐겨했다.

그러는 동안만큼은 자신이 진짜 무림인이 된 것 같은 착각에 빠질 수 있었으므로.

그는 허공을 향해 그럴듯한 포권지례를 취하면서 자신으로서는 최대한의 예의를 갖추며 정중하게 입을 열었다.

"그렇소! 불초가 바로 시랑이오! 귀하는 어느 방면의 고인인지 모습을 나타내어 가르침을 내려주시오!"

추호도 무림 예법에 어긋남이 없는 말이고 행동이다. 그는 자신이 생각하기에도 스스로의 모습이 너무 멋있고 대견해서 흐뭇한 미소가 피어나려는 것을 간신히 참았다.

그러나 그의 흐뭇함은 수하들의 어수선한 말에 의해서 산산이 깨졌다.

"어디 아프십니까, 두령? 방금 얘가 말했는데요?"

"이 처죽일 새끼가 두령 별명을 그냥 막 불렀다니까요?"

수하들의 손가락이 가리키고 있는 사람은 바로 단운비였다.

"……!"

단운비를 쳐다보는 시랑의 얼굴은 그야말로 똥을 밟았거나 떫은 감을 한입 가득 베어 물었을 때의 표정과 별반 다르지 않았다.

'빌어먹을! 더럽게 창피하군!'

시랑은 두 눈에서 불을 뿜듯이 단운비를 쏘아보았다.

'내 저놈새끼 모가지를!'

그런데 그때 단운비는 눈 하나 까딱하지 않고 시랑을 마주 쳐다보며 조용히 말했다.

"너희 건달이라는 놈들은 원래 예법이라는 것조차 모르는 잡배들이냐?"

"……!"

그러자 시랑의 분노하던 얼굴이 가볍게 어이없다는 표정으로 변할 때, 단운비의 준엄한 꾸짖음이 이어졌다.

"도전하러 온 사람을 겉모습만 보고 이렇게 핍박해도 되는 것이냐? 하다못해 무림에서 가장 형편없는 문파에서도 사람을 이따위로 핍박하지는 않을 것이다!"

시랑의 얼굴이 여러 차례 복잡하게 변했다.

"하하하! 역시 막돼먹은 건달이라서 정정당당함이나 무림 예법하고는 거리가 멀구나! 내가 시랑이라는 자를 너무 과대평가했다!"

단운비가 마지막으로 급소를 쿡 찌르자 시랑은 악! 하는 신음 소리가 터져 나오려는 것을 간신히 입속으로 삼켜야만 했다.

원래 단운비와 청산은 이곳 혈랑파에 당당하게 걸어 들어와서 시랑과 일대일로 싸울 것을 건달들에게 거침없이 밝혔었다.

오수에 달콤하게 빠져 있던 시랑은 그 사실을 알지 못했고, 대신에 열 명의 건달들이 순식간에 단운비와 청산을 포위해 버렸다.

그들 열 명의 건달은 소위 시랑의 호위대(護衛隊)였다.

건달 조직끼리의 경쟁과 암투가 워낙 치열했으므로 어느 조직의 두령이든 숫자의 많고 적음의 차이는 있지만 모두 호위대라는 것을 지척에 두고 있었다.

그런 것은 그 즈음 항주 성내 건달 조직 두령들 사이에서 유행처럼 번져 있었다.

실제로는 써먹지 못하더라도 자신의 품위 유지를 위해서라도 호위대를 데리고 다녀야만 했다.

호위대에게 포위당했던 단운비는 잠시 생각했다. 만약 싸움이 벌어진다면 잘해야 겨우 목숨을 건져서 살아 나갈 수 있을 테고, 까딱하면 시랑의 얼굴조차 못 보고 죽을 수도 있을 것이다.

혈랑파를 찾아온 목적은 시랑을 죽이는 것이 아닌가. 그러니 시랑을 죽이기 전에는, 아니, 최소한 시랑을 직접 대면하기 전에는 절대 경거망동하지 말아야겠다고 애써 마음을 다스렸다.

그래서 단운비는 청산에게 저항하지 말라고 눈짓으로 신호를 보냈고, 순순히 건달들에게 붙잡혀서 창고에 갇혔다.

아무리 거지라고 해도 조직의 두령에게 정식으로 도전을 했으니 체계를 갖춘 조직이라면 그 사실을 두령에게 보고할 것이다.

그래서 어쩌면 시랑이 자신들의 앞에 모습을 드러낼는지

도 모른다는 것이 단운비의 생각이었다.

두 사람은 장원의 한 귀퉁이에 있는 다 낡은 나무판자로 지어진 허술하기 짝이 없는 창고에 갇혔다.

그곳은 마음만 먹으면 언제든지 낡아빠진 나무 벽을 부수고 탈출할 수 있을 것 같은 곳이었다. 그것이 단운비와 청산의 마음을 조금 더 편하게 만들었다.

어쨌든 결국 시랑은 단운비 앞에 모습을 나타냈고, 단운비는 모험을 시도했다.

그는 시랑에 대해서 알고 있는 바가 거의 없다. 그는 그저 대부분의 건달이 가지고 있을 듯한 약점을 충분히 이용하려는 것뿐이다.

건달들은 비록 평생 이루지 못할지라도 자신들의 위 단계인 무림 세계를 동경하고 있을 것이다.

게다가 굵직한 건달 조직의 두령쯤 되면 무림계에 대한 동경을 넘어서 간절한 열망으로 발전했을 터.

그렇다면 어줍지 않은 무림인 흉내 내기나 무림 예법 따위를 즐겨할지도 모른다.

그러니 한번 그것을 이용해 보는 것이다, 라고 단운비는 창고 안에 갇혀 있는 동안 궁리했다.

그리고 그의 생각은 운 좋게도 그대로 적중했다.

모든 건달 조직의 두령들이 가슴속에 품고 있는 무림 세계에 대한 열망보다 몇 배나 더 큰 갈망을 가슴에 품고 있는 시랑에게 단운비의 몇 마디 말은 벌겋게 달구어진 인두가 심장을 지지는 것 같은 충격을 새겨준 것이다.

단운비는 변화무쌍한 시랑의 표정에서 자신의 판단이 적중했음을 확인했다.

그래서 지금이 마지막으로 고삐를 한 번 더 당겨야 할 때라고 판단했다.

"내가 사람을 크게 잘못 봤군! 무림 예법조차 모르는 자하고는 단 일 초식의 손속마저도 나누고 싶지 않으니 이만 가보겠다."

휙!

그 말을 던지고 단운비는 빙글 몸을 돌렸다.

"잠깐!"

순간 시랑이 나직이 외치듯 입을 열었다. 긴장과 기대가 뚝뚝 묻어나는 목소리다.

"귀하는 누구신가?"

시랑은 돌아선 단운비의 등에 대고 자못 정중히 물었다. 바퀴벌레만도 못한 거지새끼가 귀하로 격상되는 순간이다.

"무명소졸이다. 오래전부터 혈랑파 두령의 솜씨가 항주제일이라는 소문을 익히 들었기에 비무를 청하러 왔다가 이런 수모를 겪게 되다니 아무래도 소문이 잘못됐든지 내 귀가 잘못된 것 같군."

단운비는 돌아서지 않은 채 그냥 떠나 버릴 듯한 자세로 심드렁하게 대꾸했다.

아무래도 심리전에서 막 굴러먹은 시랑이 단운비를 당할 수는 없는 노릇이었다.

게다가 건달들은 '싸움'이라고 하는 데 반해서 무림인들만이 사용하는 '비무'라는 말이 결정적으로 시랑의 마지막 경계심을 무너뜨렸다.

"하하하! 소문은 잘못되지 않았다! 나 시랑은 무림 예법조차 모르는 건달이 아니니 귀하는 안심하도록!"

단운비는 그제야 천천히 몸을 돌려 시랑을 쳐다보았다.

"비무를 하겠다는 뜻이냐?"

또 비무다. 언제 들어도 기분 좋은 말이다.

"하하하! 물론이다! 나를 무엇으로 보느냐?"

시랑은 가슴을 펴고 당당하게 말했다. 이 순간의 그는 건달 두령이 아니라 당당한 무림고수였다.

"비무의 규칙은 알고 있겠지?"

어쨌든 단운비는 무림제일명가의 후계자다.

굳이 눈을 감거나 귀를 틀어막지 않은 이상 신룡문 내에서 십칠 년 동안 생활하면서 수많은 일들이 벌어지는 것을 두루 보아왔으니 풍월 따위가 아니라 무림 상식이나 예법은 훤히 꿰고 있다.

"규칙? 아, 알고 있지. 음……."

"알고 있겠지만 다시 한 번 정리하자. 비무의 원칙은 일대일로 하는 것이다. 처음에 정한 비무 방식을 끝까지 고수하는 것은 기본이며, 몇 초식까지 비무를 할 것인지 정할 수도 있고, 어느 한 사람이 죽을 때까지로 정해도 상관없다. 또한 누가 이기든 결과에 절대적으로 승복할 것이며 보복은 추호도 없다.”

그런 내용에 대해서는 시랑이 알고 있는 것도 있었고 처음 듣는 것도 있었다.

그런데 처음에 정한 비무 방식은 뭐고 몇 초식까지 비무를 할 것인지 정한다는 내용은 또 뭐란 말인가.

거기서부터 시랑은 꼬이기 시작했다. 무식하면 고생한다는 옛말이 그냥 생긴 말이 아닌 것이다.

게다가 시랑은 시장통에서 잔뼈가 굵었고 마구잡이 싸움에 익숙해 있어서 초식을 정해놓고 싸운다는 것은 애당초 불가능한 일이었다.

“귀하는… 어떤 방식으로 싸울 텐가?”

모르니까, 무식하니까 상대가 말하는 대로 따를 수밖에. 그는 어눌하게 물었다.

단운비의 대답은 간단했다.

“죽을 때까지.”

‘그런… 말이었군?’

시랑은 내심 실소를 흘리고 나서 둘러선 건달들에게 손을 저으며 짐짓 당당하게 명령했다.

"너희는 멀찌감치 물러나라! 또한 이 싸움… 비무에서 만에 하나 내가 죽더라도 절대 복수하지 마라!"

평소에 훈련이 잘되어 있는 건달들은 두령의 명령에 일사불란하게 십여 걸음 뒤쪽으로 물러섰다.

시랑은 단운비를 더 이상 바퀴벌레만도 못한 거지새끼로 볼 수가 없었다.

오히려 이 싸움에서 어쩌면 자신이 죽을 수도 있을 것이라고 생각했다.

그래도 좋았다. 죽더라도 건달 두령이 아닌 무림고수로서 죽을 수 있을 테니까.

청산은 묵묵히 단운비를 쳐다보았다. 그리고 그는 단운비의 두 눈에서 이글거리는 투지를 발견했다.

그러나 그것은 청산의 착각이었다. 단운비의 두 눈에서 이글거리고 있는 것은 싸우려는 투지가 아니라 반드시 낙양 신룡문으로 돌아가고야 말겠다는 열망이었다.

"몰아칠 때는 바람처럼 빠르게 하십시오. 그리고 최후의 일격은 청죽을 뚫었던 그 주먹을 사용하십시오."

"……!"

청산은 단운비 뒤쪽으로 가려고 걸음을 옮겨 그의 곁을 스쳐 지나면서 나직하고 빠르게 속삭였다.

청산은 모두 봤다.

단운비가 영은산 청죽림에서 수련하는 광경을, 그리고 오늘 오전에 단운비가 단전에서 꿈틀거리는 내기를 주먹에 실어서 청죽을 뚫는 광경도 목격했던 것이다.

몰아칠 때는 바람처럼 빠르게, 최후의 일격은 내기를 실어 청죽을 뚫던 주먹으로.

수많은 전투를 거치고 살아남은 청산의 말이니 지금의 단운비에겐 금과옥조와 같은 말이었다.

"귀하는 어떤 무기를 사용할 텐가?"

"적수공권(赤手空拳)."

시랑의 물음에 단운비는 오른 주먹을 들어 보였다.

시랑은 '적수공권'의 뜻은 모르지만 단운비의 동작에서 그가 맨주먹만으로 싸우려 한다는 것을 깨달았다.

철컥!

"나는 이것을 쓰겠다."

시랑은 두 손 손등에 네 개의 검은색으로 빛나며 길쭉하고 예리한 쇠갈퀴가 달린 시커먼 무기를 차며 공정하려고 애쓰는 기색이 역력한 표정으로 말했다.

살모사의 부하 사마귀가 단운비에게 설명해 준 적이 있는 그 쇠갈퀴였다.

"좋은 철갑수도(鐵甲手刀)로군."

단운비는 겉으로는 태연하게 중얼거리면서도 내심 적잖이 긴장했다.

철갑수도에 달린 길이 여섯 치가량의 각기 네 개의 칼날 끝

은 낫처럼 구부러졌고, 얼마나 예리한지 새파란 예광(재光)마
저 흩뿌리고 있었다.

만약 거기에 슬쩍 스치기라도 하면 살은 물론이고 뼈까지
힘없이 잘려져 나갈 듯했다.

시랑은 방금 자신의 무기를 '쇠갈퀴'라고 소개할 뻔했는
데 그러지 않기를 잘했다고 생각했다.

하마터면 무식이 탄로날 뻔한 것이다. 그는 자신의 무기를
'철갑수도'라고 부른다는 사실을 지금 이 순간에 처음 알게
되었다.

거지조차도 얼굴을 찌푸릴 최악의 거지와, 비단으로 만든
홍의 단삼을 입고 한껏 멋을 낸 혈랑파의 두령 시랑이 일 장
의 거리를 두고 상대를 주시하며 마주 섰다.

단운비는 태산처럼 우뚝 서서 두 다리와 두 주먹에 잔뜩 힘
을 주었다. 누군가와 정식으로 대결을 하는 것은 난생처음 있
는 일이다.

이 대결에 그는 목숨을 걸었다. 그러므로 시랑을 죽이지 못
하면 죽는 것은 자신이 될 것이다.

청산이 보기에 단운비의 얼굴과 온몸은 긴장하는 기색이
역력했다.

그러므로 산전수전 다 겪은 시랑이 그것을 놓칠 리가 없다.
'긴장'이란 싸움에서 백해무익한 것이다.

시랑이라는 별명은 승냥이 시(豺)에 늑대 랑(狼)을 합친 말

로 잔혹무비한 사람을 일컫는다.

그로 미루어 시랑의 손속이 얼마나 잔인할 것인지는 더 이상 설명할 필요가 없을 듯했다.

"……!"

순간 단운비에게서 눈을 떼지 않고 있던 청산이 눈을 약간 크게 떴다.

단운비의 두 발 뒤꿈치가 슬쩍 들려지고 발 앞에 힘이 들어가는 것을 발견했기 때문이다.

그 자세는 단운비가 앞으로 튀어나가려 한다는 것을 의미했다. 즉, 선공의 자세다.

자신이 약세라고 판단되거나 상대의 실력을 제대로 파악하지 못했을 경우의 선공처럼 위험한 행위는 없다.

휙!

청산의 우려는 적중했다. 아니나 다를까, 단운비는 곧장 몸을 날려 시랑에게 덮쳐 갔다.

그는 비단 선공을 시도할 뿐 아니라, 머릿속에는 두 번째, 세 번째까지 무슨 수법으로 공격할 것인지도 이미 계획을 짜 놓고 있었다.

그는 영은산의 수북한 낙엽 더미 위를 내달리던 빠르기로 쏘아나갔다.

그리고 청죽을 때리던 수법 중 하나인 유엽장으로 시랑의 목덜미를 쏜살같이 쳐나갔다.

하지만 그는 자신의 계획이 무모했다는 사실을 그 즉시 깨달아야만 했고, 그로 인해서 위험한 지경에 처하고 말았다.

싸움에서의 기본적인 상식 이하의 상식, 상대는 단운비가 수련 상대로 삼았던 청죽처럼 뻣뻣하게 서 있다가 얻어맞지 않을 것이라는 사실을 그는 간과했던 것이다.

단운비는 시랑이 어떻게 자신의 일격을 피했는지 제대로 보지도 못했다. 아니, 볼 여유가 없었다.

쉭!

시랑은 슬쩍 피하는 것과 동시에 번개같이 오른팔을 쭉 뻗어 철갑수도로 단운비의 얼굴을 그어 나갔는데, 그 동작이 워낙 빨라서 그가 아예 단운비의 공격을 피하지 않은 것처럼 보였다.

그는 단운비를 무림의 삼류고수쯤으로 여겼기 때문에 처음부터 강공으로 나갔다. 자신이 죽지 않으려면 전력을 다해야 하기 때문이었다.

단운비는 네 개의 검게 빛나는 칼날이 자신의 얼굴을 향해 곧장 그어오자 동공이 커다랗게 확산되었다.

"……!"

그러나 단지 그것뿐이다. 얼굴에 경악지색을 떠올릴 여유도 없었으므로 어떻게 피해야 할지 생각할 겨를조차 없는 것은 당연했다.

단운비는 무의식중에 왼팔을 들어 올렸다. 평소였다면 결코 하지 않을 행동이다.

살과 뼈로 이루어진 팔로 어떻게 철갑수도를 막을 수 있단 말인가.

그러나 그의 그런 행동은 그저 본능이었다. 생각이란 손톱만큼도 가미되지 않은.

퍽!

순간 단운비는 왼 팔뚝에 아주 경미한 느낌을 받았다. 그것은 떨어지는 낙엽 하나가 팔에 닿았을 때와 같아서 자칫했으면 느끼지 못했을 정도였다.

쐐애!

단운비의 눈에는 아무것도 보이지 않았다. 단지 날카로운 쇳소리가 아주 가까운 곳에서 고막을 긁어댈 뿐이다.

그는 다시 본능적으로 급히 두 팔로 얼굴을 감싸는 것과 동시에 허리를 굽혔다.

파아—

그 직후 그는 자신의 머리 위로 뭔가가 빠르게 스쳐 지나가는 것과 써늘한 한기, 그리고 머리카락이 뭉텅 베어지는 것을 느꼈다.

'맙소사! 이, 이런 게 싸움이었어.'

이것은 거지들의 몰매질이나 아귀다툼 따위하고는 비교할 수조차 없다.

그는 거지들의 소나기처럼 쏟아지는 몽둥이찜질에서도 겨

우 살아났었다.

그러나 이것은 일격에 충분히 목숨을 빼앗고도 남을 정도의 위력이 실려 있었다.

바야흐로 진짜 싸움인 것이다.

쉬이!

그 순간 예리한 쉿소리의 시작이 단운비의 전면에서 들리더니 턱 밑으로 이어졌다.

지금 단운비가 의지할 것은 오직 본능뿐이다.

이 순간 그가 청죽림에서 석 달 동안 피땀 흘리면서 수련했던 대라십팔산수는 한낱 무용지물에 불과했다.

부뚜막의 소금도 적당하게 요리에 넣어야 간이 맞는 것처럼, 피땀 흘려 수련한 대라십팔산수도 시기적절하게 사용해야만 진가를 발휘할 수 있는 것이다.

파아―

단운비는 다급히 상체를 뒤로 확 젖혔다. 철갑수도 네 개의 칼날이 그의 앞가슴을 수평으로 그어댔다.

"크으으……."

순간 그는 중심을 잃고 쓰러질 듯이 뒤로 비틀거리면서 물러났다.

시랑은 어이없다는 표정을 지으며 더 이상 공격하지 않았다.

그는 처음에 단운비와 청산을 벌레보다 못한 악취 풍기는 거지새끼라고 생각했다가, 곧 그들이 범상치 않은 실력자라고 고쳐 생각하고는 바짝 긴장했었다.

그런데 이제 보니까 처음 판단이 맞았다. 무림 예법이 어떻고 정정당당이 어쩌며, 적수공권 맨주먹을 사용하겠다고 떠들어대던 놈이 최초에 주먹 한 번 내뻗으려다가 말고 허둥대는 꼴이란…….

"우라질! 이 새끼가 날 갖고 놀았어!"

시랑의 얼굴이 보기 싫게 일그러지며 입에서 욕설이 튀어나왔다.

한낱 거지새끼에게 농락당했다는 생각에 화가 머리 꼭대기까지 치밀었다.

"이 개자식! 껍질을 벗겨 버리겠다!"

시랑은 콧김을 뿜어내면서 단운비에게 다가갔다. 그는 더 이상 거지새끼를 두려워하지도 경계하지도 않았다. 물론 무림 예법을 갖추지도 않았다.

어이가 없기는 단운비도 마찬가지였다. 그러나 그 어이없음의 원인은 시랑과 판이했다.

그는 자신이 너무도 무기력하다는 사실에, 그리고 석 달 동안 죽어라고 수련한 대라십팔산수는 채 일 초식도 펼쳐 보지 못한 채 마구잡이로 당하고 있다는 사실 때문에 어이가 없었다.

순간 그는 그제야 왼 팔뚝과 가슴에 극심한 통증을 느꼈다.

그는 팔을 들어 올려 보다가 안색이 확 변했다.

팔뚝 바깥쪽에 일정한 간격으로 네 줄기의 깊숙이 베어진 상처가 세로로 새겨졌는데, 팔뚝의 절반가량이나 잘려진 상태로 피가 콸콸 흘러나오고 있었다.

조금만 상처가 깊었다면 팔뚝이 떨어져 나갔을 것이다. 처음에는 그저 낙엽 하나가 팔에 닿은 것쯤으로만 여겼지 이 정도일 줄은 상상조차 하지 못했다.

슥—

"이 거지새끼! 날 농락한 대가가 어떤 건지 똑똑히 가르쳐주마!"

그때 어느새 단운비의 두 걸음 앞에까지 다가와 멈춰 선 시랑이 오른팔을 머리 위로 치켜들면서 흰 이를 드러내며 으르렁거렸다.

단운비는 화끈거리는 가슴을 굽어보려다가 시랑의 말을 듣고 급히 고개를 들어 그를 쳐다보았다.

"……!"

순간 보였다.

단운비를 그저 하찮은 거지새끼라고 다시 판단해 버려서 아무런 방비도 하지 않고 완전히 자세를 흐트러뜨린 채 오른팔을 쳐들고 있는 시랑의 온몸에 무수히 드러나 있는 허점들이 단운비의 눈에 와르르 쏟아져 들어왔다.

그리고 시랑도 보았다. 자신을 쳐다보고 있는 단운비의 두 눈에서 새파란 한광이 번갯불처럼 뿜어지는 것을.

'이런, 너무 가깝게 다가섰다.'

위잉!

시랑은 내심 자책하다가 허공을 묵직하게 떨어 울리는 파공음을 듣고 움찔했다.

그리고 거의 같은 순간에 단운비의 주먹이 자신의 상체를 향해 쏘아오는 것을 발견했다.

파공음은 단운비의 주먹에서 흘러나왔다.

주먹이 얼마나 빠르면 긴 몽둥이를 전력으로 휘두를 때와 같은 음향이 터지는 것인지 시랑은 한순간 온몸에 소름이 쫙 끼쳤다.

쩍!

단운비의 오른 주먹 용두권(龍頭拳)이 시랑의 갈빗대 바로 아랫부분, 즉 대횡혈을 송곳처럼 예리하게 그리고 철퇴처럼 묵직하게 파고들었다.

"꺼억! 끄으으……."

시랑은 허리를 구부린 채 숨조차 쉬지 못하고 뒤로 비틀비틀 물러났다.

순간 단운비의 두 눈은 먹이를 발견하고 내리꽂히는 독수리의 눈처럼 날카롭게 빛났다.

그의 머릿속에서 싸움 직전에 청산이 속삭이던 말이 종소리처럼 크게 울렸다.

‘몰아칠 때는 바람처럼 빠르게! 그렇다! 바람[風]이다!’

슈웅!

영은산의 두텁게 쌓인 낙엽 더미 위를 평지처럼 달리던 단운비의 두 발이 빠르게 움직이면서 그림자처럼 시랑을 향해 미끄러지듯이 다가갔다.

그리고는 다시 오른 주먹이 허공을 가르며 아래에서 위로 시랑의 턱 밑을 파고들었다.

갈빗대 아래 급소에 일격을 당한 시랑은 단운비의 두 번째 공격을 두 눈 뜨고 뻔히 보면서도 몸이 말을 듣지 않아서 피하지 못했다.

딱!

다음 순간 돌과 돌이 강하게 부딪치는 듯한 음향이 짧게 터져 나왔다.

단운비의 올려치는 주먹이 시랑의 턱을 부숴놓은 것이다.

석 달 동안 단단한 나무를 죽을힘을 다해서 가격하며 바윗덩이처럼 단련시킨 주먹이다.

그 주먹이 온 힘을 실은 채 사람의 신체 중 가장 취약한 턱에 적중됐으니 박살 나는 것이 당연했다.

시랑의 고개가 뒤로 덜컥 젖혀졌다. 그리고 그의 입에서 피와 부러진 이빨이 확 뿜어져 나왔다.

풍(風). 계속 바람처럼 빠르게 몰아친다. 그리고 시작했으면 끝장을 본다.

단운비는 싸움을 시작하기 전부터 끌어올리고 있던 내기를 오른팔로 보내는 것과 동시에 오른 주먹을 날렸다.

슈우—

방금 두 번의 공격 같은 묵직한 파공음 대신 들릴 듯 말 듯 흐릿한 음향이 흘렀다.

뻐걱!

"끄악!"

둔탁하면서도 묵직한 음향과 처절한 비명성이 거의 동시에 터졌다.

시랑은 뻣뻣하게 선 채 얼굴에 불신의 표정을 가득 떠올리며 단운비를 쳐다보았다.

"끄으으… 역시… 너는… 무림고수였군……."

쥐어짜는 듯한 신음을 끝으로 그는 선 채 숨이 끊어졌다. 하지만 쓰러지진 않았다.

왜냐하면 단운비의 주먹이 시랑의 뼈를 뚫고 가슴속으로 팔뚝까지 박혀 있었기 때문이다.

시랑의 가슴뼈는 청죽보다 단단하지 않았다.

석 달 보름간 운기하여 만들어낸 내기가 실린 주먹은 마침내 시랑을 저승으로 보냈다. 그리고 단운비는 집으로 돌아갈 수 있게 됐다.

"……!"

"……!"

혈랑파 건달들은 그 광경을 보면서 얼굴 가득 경악을 금치 못하고 있었다.

그들은 단운비가 시랑을 죽일 가능성이 채 일 할도 못 된다고 여겼기에 놀라움은 더 클 수밖에 없었다.

그러나 청산은 담담한 표정으로 단운비를 주시하고 있었다. 마치 오직 그만이 단운비가 시랑을 죽일 것이라고 굳게 믿고 있었던 것 같은 표정이다.

푸악!

그때 단운비가 주먹을 뽑자 뻥 뚫린 시랑의 가슴에서 핏물이 분수처럼 뿜어졌다. 그 핏물에는 조각난 내장과 뼛조각이 섞여 있었다.

쿵!

시랑은 묵직하게 뒤로 넘어가 쓰러졌다. 그는 더 이상 단운비에게서 악취를 맡지 못할 것이다.

단운비의 오른 주먹은 팔뚝까지 시뻘겋게 피범벅이 된 채 피가 뚝뚝 떨어지고 있어서 섬뜩했다.

그는 돌덩이처럼 굳은 표정으로 자신의 피범벅 된 주먹과 죽은 시랑을 번갈아 쳐다보았다.

그때 기이한 느낌이 엄습했다.

석 달 전에 하구촌과 상박촌과의 싸움에서 손교를 겁간하려는 상박촌 왕초를 나무 꼬챙이로 옆구리를 찔러서 죽인 적이 있었고, 그것이 첫 번째 살인이었지만 지금 같은 느낌은 아니었다.

지금은 그때보다 더 강렬한 전율이 온몸을 휩쌌으며 정정 당당하게 내 실력으로 강적을 죽였다는 희열 하나가 더 추가 되었다.

'이런 기분이로군, 살인이라는 것이.'

결코 나쁜 기분이 아니다.

아니, 아주 뿌듯하고 흡족한 기분이다. 정녕코 죽을 때까지 잊지 못할.

비틀—

순간 단운비는 머릿속이 아찔해지고 두 다리에 힘이 풀리면서 쓰러질 듯이 크게 비틀거렸다.

그는 부지중에 자신의 가슴을 내려다보았다. 시랑의 두 번째 공격을 당했던 가슴은 누더기 옷이 가로 네 줄로 비스듬히 베어져 있었다.

그곳에서 피가 샘물처럼 철철 흘러내렸으며, 옷에 가려져 있어서 상처가 잘 보이지 않았으나 중상이라는 것을 직감할 수 있었다.

단운비가 비틀거린 것은 피를 많이 흘렸기 때문이다.

그는 좀 주저앉아야겠다고 생각하고 몸을 숙이려다가 움찔 놀랐다.

어느새 넓은 마당에 건달들이 가득 모여 있었으며, 그 수효 는 백 명이 넘을 듯했다.

그들 손에는 몽둥이며 비수(匕首), 낭아봉(狼牙棒), 도끼[斧], 귀두도(鬼頭刀), 방천극(方天戟) 따위의 건달들이 즐겨 사용하는 무기들이 쥐어져 있었고, 모두의 얼굴에는 복수심과 적개심이 가득 떠올라 있었다.

게다가 장원의 입구로 각종 무기를 움켜쥔 혈랑파 건달들이 꾸역꾸역 계속 몰려들고 있었다.

아마도 두령이 죽었다는 급보를 받고 혈랑파 건달 전원이 모여드는 것 같았다.

시랑이 싸우기 전에 자신이 죽더라도 복수하지 말라고 명령했지만 건달들에게 그런 것이 통할 리 만무했다.

그 무엇인가로 건달들을 깨끗하게 굴복시키거나 승복시키지 않는 한 단운비와 청산 두 사람에겐 이곳이 무덤이 될 공산이 짙었다.

마당 한복판에는 단운비와 청산이 서 있었고, 어느덧 백오십여 명으로 불어난 혈랑파 건달들이 두 사람을 겹겹이 포위한 상태였다.

마치 폭풍이 몰아치기 직전의 고요 같은 것이 공기 중에 팽팽하게 흘렀다.

"주군, 시랑의 수급(首級)을 취하십시오."

그때 청산이 단운비에게 품속에서 꺼낸 한 자루 단검을 건네면서 굳은 얼굴로 나직이 속삭였다.

단운비는 청산의 말뜻을 즉시 알아차렸다.

척!

단운비는 쓰러져 있는 시랑 옆에 한쪽 무릎을 꿇고 앉아 단검을 시랑의 목에 갖다 댔다.

그는 지그시 어금니를 악물었다. 사람의 목을 자른다는 것은 살인과는 또 다른 기분이 들게 했다.

게다가 죽은 자의 목을 자르는 것은 께름칙하기 짝이 없는 일이다.

청산이 준 단검은 무척이나 예리했다. 단검을 시랑의 목에 대고 가볍게 슬쩍 힘을 주었을 뿐인데 살과 핏줄이 한꺼번에 잘려졌다.

드극!

단검이 목 가운데에서 잠시 멈췄다. 목뼈에 닿은 것이다. 단운비가 손에 힘을 주자 목뼈는 듣기 거북한 음향을 내며 어렵지 않게 잘라졌다.

목을 자를 때에는 한 번의 칼질에 성공해야지 두 번, 세 번 칼질이 거듭되면 예쁜 수급을 기대하기가 어렵다.

어깨 위에서 머리통이 분리된 시랑의 부릅뜬 눈이 단운비를 쏘아보고 있었다.

단운비는 자신도 모르게 약간 가슴이 떨렸고, 단검을 쥔 손도 가늘게 떨렸다.

그러나 그는 시랑의 머리카락을 움켜쥐고 천천히 일어서서 수급을 머리 위로 높이 쳐들었다.

수급의 베어진 목 부위에서 철철 흐르는 피가 그의 팔뚝을 타고 상체를 시뻘겋게 적셨다.

백오십여 명 혈랑파 건달들의 삼백여 개 시뻘겋게 충혈된 눈이 일제히 시랑의 수급으로 집중됐고, 좌중은 쥐 죽은 듯이 조용해졌다.

그때 건달들 중에 누군가 우렁차게 외쳤다.

"뭣들 하느냐? 새로운 두령이시다!"

다음 순간 백오십여 명의 혈랑파 건달들이 단운비를 향해 일제히 무릎을 꿇으며 외쳤다.

"두령을 뵈오!"

백오십여 명의 외침은 쩌렁쩌렁하게 허공을 떨어 울렸다.

第十三章
그리고 돌아가지 않았다

풍림화산

독고연지는 갈피를 잃고 말았다.

그것은 시위를 떠난 화살이 갑자기 표적을 잃어버린 것과
도 같았다.

'그 파락호가 없어지다니, 도대체 어떻게 된 일이지?

그녀는 선천적으로 지니고 태어났든 후천적으로 길러졌든
좋은 성품과 습관을 많이 지니고 있었다.

그중 하나가 '완벽함을 추구' 하는 것이다.

정혼자가 천하에 다시없는 파락호라는 소문을 듣고 그를
완벽한 신랑감으로 만들기 위해서 멀고 먼 낙양까지 불원천
리 찾아온 것만 봐도 그녀의 완벽 추구가 어느 정도인지 쉽사

리 짐작할 수 있는 일이었다.

그런 그녀가 자신의 정혼자인 천화공자 단운비의 증발에 대해서 그냥 넘어갈 리 만무했다.

그녀가 낙양에 머문 지 벌써 두 달이 지났다. 지난 두 달이 넘는 동안 그녀는 자신이 취할 수 있는 모든 조치들을 취해서 몇 가지 사실을 알아낼 수 있었다.

─단운비는 실로 타의 추종을 절대 불허하는 색광에다가 파락호다.

─그는 현재 신룡문은 물론이고 낙양에 없다.

─신룡문 사람들조차도 그의 '부재(不在)'에 대해서는 잘 모르고 있다.

─그의 거처인 비룡각에서도 최측근 몇 명만이 그가 마침내 무공에 입문하여 무기한 폐관에 들어갔다는 극비 사실을 알고 있다.

그런 정황들은 단운비가 폐관했다는 사실을 여러모로 뒷받침해 주고 있었다.

게다가 단운비가 정말 실종됐다면 신룡문이 이처럼 잠잠할 리가 없다.

그래서 독고연지 역시 단운비가 폐관하고 있을 것이라고 거의 단정하고 있었다. 만약 오늘 확인하게 될 두 가지 사실만 충족된다면 말이다.

"그분은… 소녀에게 잘 대해주셨어요."

아소는 독고연지의 눈치를 살피면서 어렵사리 입을 뗐다.

"낭자, 난 그에게 좋지 않은 감정을 갖고 있으니까 날 어려워해서 말을 삼갈 필요는 없소."

독고연지는 부드럽게 아소를 다독였다.

실토를 받아내는 데에는 여러 가지 방법이 있겠지만 그중에서 첫손가락 꼽는 것이 '나도 너와 같은 피해자야' 라는 동병상련의 마음을 심어주는 것이라는 걸 그녀는 잘 알고 있었다.

과연 잔뜩 겁먹은 것 같던 아소의 표정이 비로소 풀어지더니 고개를 들어 탁자 맞은편에 여유로운 자세와 표정으로 앉아 있는 멋진 미공자를 새삼스럽게 살펴보았다.

그녀는 이날까지 살아온 십팔 년 동안 적지 않은 미남과 미녀들을 봐왔지만 남녀를 통틀어 지금 자신의 앞에 앉아 있는 사람보다 더 아름다운 사람을 본 적이 없었다.

그는 그 어떤 미남보다 영준했고 그 어떤 미녀보다 아름다운 모습이다.

아소는 몇 달 전까지 몸담고 있던 개봉의 취봉각에서도 자신의 미모가 세 손가락 안에 꼽힐 정도라고 자부했지만, 이 미공자 앞에서는 찬란한 태양 앞에 놓인 반딧불이 같은 초라

함을 느껴야만 했다.

물론 아소 앞에 묵묵히 앉아 있는 미공자는 독고연지가 남장(男裝)한 모습이었다.

열네 살 무렵부터 늘 그녀 앞에 붙어 다니던 '천하제일미'라는 수식어는 그녀가 가장 싫어하는 말이었다. 그녀는 그런 외모지상주의를 몹시 경멸하는 성격이다.

그녀가 여장을 하고 맨얼굴로 외출을 할라 치면 거리는, 아니, 성내는 일대 혼란이 벌어지곤 했었다.

그녀의 모습을 보려고 몰려든 인파 때문이었고, 그녀 앞에서 끝없이 잘난 체하려는 몰염치한 이들 때문이었다.

그래서 그녀는 언젠가부터 외출 시에는 꼭 남장을 했고, 이번 외출이라고 예외는 아니었다.

"그분은 몹시 다정했어요."

독고연지의 동병상련 방법에도 아소의 말은 크게 달라지지 않았다.

그것은 독고연지의 방법이 먹히지 않은 것이 아니라 아소가 진실을 말하고 있다는 의미다.

"넓은 연회실에서 여러 악사들과 무희들, 그리고 기녀들과 어울려서 술 마실 때와는 딴판이었어요. 자리를 옮겨 소녀와 단둘이 있게 되자 그분은 조용히 술만 마셨어요."

독고연지는 기대했던 것과는 전혀 다른 얘기였지만 인내심을 갖고 귀를 기울였다.

"그분은 술을 마시는 중에 가끔 시를 읊기도 했는데, 내내 얼굴이 어두웠어요. 그리고 술이 많이 취한 소녀에게 먼저 자라면서 손수 잠자리까지 봐주셨어요. 그래서 소녀는 염치불구하고 먼저 잤어요."

어이없게도 그렇게 말하는 아소의 얼굴에는 단운비를 그리워하는 기색마저도 일렁이고 있었다.

"그리고 소녀는 늦잠을 자서 늦은 아침에야 겨우 깨어났는데 그때 그분은 계시지 않았어요."

"그는… 낭자와 관계를 갖지 않았소?"

"네."

"어떻게 그럴 수 있소? 그는……."

"소녀도 그분에 대한 소문을 익히 알고 있었기 때문에 몹시 겁이 났고 긴장했었어요. 그런데 깨어나 보니 그분이 소녀를 건드린 흔적이 전혀 없었어요."

"그럼 소문은……."

"헛소문일 거예요. 소녀가 잠들기 전에 그분이 제게 이런 말씀을 하셨어요."

"즐거웠다, 아소. 두 가지 부탁이 있단다. 하나는 네가 기루를 떠나 평범한 여자로 돌아가 살았으면 하는 것이고, 또 하나는 내가 널 난폭하게 짓밟아서 여자로서의 기능을 완전히 상실시켰다는 소문을 내달라는 것이다. 좋은 남자 만나서 행복해라, 아소야. 그렇다고 이상하게 생각하진 말아라. 이런 소문이 먼 곳에 있는 어느 누군가의 귀에까지 흘러들어 가서 나와 그 사람을 엮어놓은 불행의 끈이 그만 끊어졌으면 하는 막연한 바람 때문이니까.”

“그리고는 소녀에게 황금 백 냥짜리 전표를 주셨어요.”
“……!”
충격이었다.
독고연지는 아소의 말 중에 ‘어느 누군가’ 와 ‘불행의 끈’ 이 무엇을 뜻하는지 단번에 알아차렸다.
바로 ‘독고연지’ 와의 ‘정혼’ 이었다.

*　　　*　　　*

염록(廉鹿)은 지난 몇 달 동안 전에 없던 느긋한 호사를 누리고 있었다.
그는 신룡문의 백대고수(百代高手) 중 한 명이었고, 몇 달 전까지만 해도 그의 임무는 다른 네 명의 백대고수와 함께 비룡각주(飛龍閣主)이며 신룡문 소문주인 단운비를 암중에서 그림자처럼 호위하는 일이었다.
그런데 이제는 더 이상 소문주를 호위하지 않아도 됐다. 그래서 그는 다른 신룡문의 고수들처럼 격일로 이틀에 한 번 집에 돌아와서 가족들과 함께 즐겁게 지내며 푹 쉴 수 있게 되었다.

그랬기에 지금 하루의 일과를 마치고 집으로 돌아가는 그의 발걸음은 바람에 실린 구름처럼 가볍기 짝이 없었다.

척!

"끄윽!"

그는 아내가 차려준 늦은 저녁을 배불리 먹은 후 트림까지 하는 여유를 보이면서 서재로 들어섰다.

예전 같으면 열흘이나 보름에 한 번, 그것도 아주 잠깐 집에 들러 아내와 자식들의 얼굴을 보고 가는 정도가 고작이었다.

그러나 정확히 석 달 하고도 이십 일 전부터 그에게 내려진 무기한의 대기 발령 덕분에 그는 제일 먼저 자신의 집에 서재부터 꾸몄다.

그는 무인이 되지 않았으면 꽤 명성을 날릴 만한 학자가 되고 싶었을 정도로 학문을 좋아했다.

그래서 지난 넉 달 가까운 동안에 그는 집에서 지낸 대부분의 시간을 서재에서 책을 읽거나 글을 쓰는 것으로 소일하며 자신만의 즐거움에 푹 파묻혀 있었다.

슥—

염록은 언제나처럼 교탁 앞에 앉아 어제 읽다 만 고서를 펼쳐 들었다.

"뒤돌아보지 마시오."

"……!"

그가 막 고서의 글에 시선을 집중시켰을 때, 그의 뒤에서 몹시 조용한 한줄기 음성이 들려와서 한순간 그는 온몸의 피가 싸늘히 얼어붙었다.

그가 누구인가.

신룡문 백대고수 중 한 명이다. 그 말은 곧 천하 무림에서 그를 상대할 만한 고수가 이삼백 명 안팎밖에 없다는 뜻이기도 하다.

염록 정도의 고수라면 집에 들어서는 순간 집 안에 침입자가 있는지 단번에 감지할 수 있었다.

또한 서재에 들어서는 순간에도 마찬가지이며 그가 서재에 들어온 후에 침입자가 잠입했다면 그것은 더욱 말할 나위가 없다.

그런 점에서 지금 그의 뒤에서 말한 자는 최소한 염록보다 한 수 위의 초일류고수가 분명했다.

"한 가지 대답만 해주면 고이 물러가겠소."

"……."

고이 물러가겠다고 했다. 그것은 염록이 대답하지 않으면 고이 물러가지 않겠다는 뜻이기도 하다.

순간 염록의 온몸이 극도로 긴장하여 금세라도 폭발할 것만 같았다.

"석 달 이십 일 전, 단운비가 개봉 취봉각에 갔을 때 염록 당신은 그를 호위했소?"

"……."

침입자는 염록 자신의 신분은 물론 그가 소문주를 암중에서 호위하는 극비 임무를 맡고 있던 사실까지도 알고 있었다.

염록은 극히 짧은 순간 여러 가지 것을 빠르게 생각했다.

배후인의 목적은 과연 무엇인가. 그걸 알아내서 뭘 어쩌자는 것인가. 대답 여하에 따라서 저자가 취할 다음 행동은 무엇인가.

하나 배후인은 그마저도 꿰뚫고 있었다.

"딸 이름이 선아(善兒)였던가? 아주 귀엽더군."

"……!"

"네 살이오? 재롱이 한창일 때지."

대답을 하지 않으면 배후인은 딸을 죽일 것이다, 라고 염록은 그렇게 판단했다.

염록은 냉철하다기보다는 감성적인 성품이다. 그는 느지막한 나이에 본 네 살짜리 딸 선아를 목숨보다 더 사랑했다.

"석 달 이십 일 전 나는… 그날부터 소문주를 호위하지 말라는 명령을 받았소."

"……."

염록의 중얼거리는 듯한 대답에 배후인은 말이 없었다.

염록은 점점 더 초조해졌다.

"한 가지만 대답하면 물러가겠다고 하지 않았소?"

"……"

여전히 배후인은 말이 없었고 움직임도 감지되지 않았다.

염록은 더 이상 기다리지 못했다. 기다릴 수가 없다. 그는 공력을 극한으로 끌어올려 전신으로 보내 만반의 태세를 갖춘 후 번개같이 몸을 돌리면서 음성이 들려온 곳을 향해 전력 일장을 발출했다.

"……!"

아니, 그는 일장을 발출하려다가 급히 멈췄다. 일장을 적중시킬 대상이 없어진 것이다.

염록은 재빨리 실내를 쓸어보았지만 그리 넓지 않은 실내에는 자신뿐 아무도 없었다.

그렇다고 실내에 달리 사람이 숨을 만한 충분한 은폐물이 있는 것도 아니다.

그는 망연자실해졌다. 잠시 꿈을 꾼 것인가?

그러나 꿈이 아니다.

그의 시선이 머문 서가의 중간쯤 어느 서책 위에 뭔가 조그만 것이 반짝이고 있었다.

그것은 여자 아이들의 머리를 묶는 앵두 크기의 두 개의 방울이 달린 머리 묶기였다.

두 개의 방울은 더 이상 귀할 수 없는 묘안석이었고 줄은 금줄이었다. 일견하기에도 가치를 따질 수 없을 만큼 귀한 것 같았다.

염록은 머리 묶기를 손에 쥐고 망연한 표정을 지었다.

그것은 딸 선아가 하기에는 지나치게 고급스러웠다.

'단운비는 신룡문에 없는 것이 분명하다. 폐관도 눈가림일 뿐이다. 일부러 호위를 거두었다는 것은 신룡문주께서 나보다 먼저 그에게 손을 쓰셨다는 사실을 암시한다. 그를 사람으로 만들려는……'

염록의 집에서 나온 독고연지는 거리를 걸으면서 내심으로 중얼거린 후에 골똘한 생각에 잠겼다.

이윽고 그녀는 결단을 내렸다.

'그를 찾아보자. 어쨌든 정혼자가 아닌가?'

*　　　*　　　*

단운비가 아무리 안 된다고 해도 혈랑파 건달들은 새로운 두령이 된 그를 한사코 놓아주지 않았다.

그래서 단운비는 어쩔 수 없이 청산을 혈랑파에 남겨둔 후에야 잠시 다녀올 곳이 있다며 겨우 빠져나올 수 있었다.

청산에게는 일각 후에 알아서 혈랑파를 빠져나오라고 넌지시 일러두었다.

단운비는 한 손에 시랑의 수급이 담긴 나무 상자를 싼 보따리를 쥐고 흑사파를 향해 빠른 걸음으로 걸었다.

그가 혈랑파의 새 두령이 되면 낙양으로 돌아갈 여비쯤 마련하는 것은 한 모금의 물을 마시는 것보다 쉬울 터이다.

하나 그의 성격상 그럴 수는 없다. 그가 혈랑파의 돈을 한 푼이라도 사용한다면 자신이 혈랑파의 두령이라는 사실을 인정하는 것이 돼버리기 때문이다.

그에게 건달 조직의 두령이 된다는 것은 거지가 되는 것보다 싫은, 아니, 역겨운 일이었다.

혈랑파에서 흑사파까지는 채 삼백여 장도 떨어지지 않은 가까운 거리다. 흑사파가 가까워질수록 단운비의 걸음이 점차 더 빨라졌다.

흑사파에 가서 시랑의 수급을 내어주고 은자 이백 냥을 손에 쥐면 만사 끝이다. 그는 마침내 낙양으로 돌아가게 되는 것이다.

그러나 그는 뒤쪽 이 장 거리에서 자신의 운명을 송두리째 뒤바꿀 한 인물이 은밀하게 따르고 있다는 사실을 꿈에도 모르고 있었다.

그리고 흑사파를 오 장여쯤 남겨둔 지점에서 뒤따르던 그 인물이 빠르게 단운비에게 다가왔다.

단운비 뒤 반 장 거리에 이르렀을 때 그 인물은 이마의 머리카락을 쓰다듬으려는 듯 자연스럽게 슬쩍 왼손을 들어 올렸다.

그 순간 무형의 두 줄기 지풍(指風)이 빠르게 쏘아져 나가 단운비의 오른팔 팔꿈치 곡지혈(曲池穴)과 왼쪽 어깨의 거골혈(巨骨穴)을 가볍게 적중시켰다.

“……!”

단운비는 갑자기 팔꿈치와 어깨가 뜨끔하더니 곧 의식을 잃으면서 쓰러질 듯 크게 휘청거렸다.

그러자 뒤따르던 인물이 한 손으로 가볍게 그를 부축하고는 태연히 근처의 객잔으로 향했다.

그 자리에는 시랑의 수급이 담긴 보따리가 떨어져 있었다.

단운비는 혼절한 상태에서 벌거벗은 알몸으로 객방의 침상에 반듯하게 눕혀져 있었다.

넉 달 가까이 한 번도 씻지 않은 그의 몸은 두텁게 몇 겹의 때가 뒤덮여 있었고, 숨을 쉴 수 없을 만큼의 악취가 실내에 진동했다.

그런데도 사십여 세가량의 청삼인은 전혀 개의치 않고 벌써 반 시진 동안이나 단운비의 온몸 구석구석을 지그시 누르고 주무르며 매만지고 있었다.

마치 단운비의 몸에서 뭔가를 알아내려는 듯한 모습이었다.

“음!”

이윽고 청삼인은 단운비의 몸에서 손을 떼면서 몸을 일으키며 묵직한 신음을 흘렸다.

방금 끝마친 그 일에 얼마나 심혈을 기울였는지 그의 얼굴은 온통 땀투성이였다.

이어서 그는 탁자 앞에 앉아 빠르게 한 통의 서찰을 써 내려갔다.

쓰기를 마친 그는 서찰을 돌돌 말아서 작고 가느다란 대롱 속에 집어넣고는 그것을 다시 한 마리 비합전서의 다리에 매달아 창밖으로 날려보냈다.

비합전서가 매달고 간 서찰에는 단 두 줄의 짧은 글이 적혀 있었다.

사무살의 단운비를 대체할 최상의 인재 발견.
즉시 데리고 귀환하겠음.

*　　　*　　　*

"……!"

어렵지 않게 혈랑파를 빠져나온 청산은 빠른 걸음으로 흑사파를 향해 걸어가다가 길바닥에 떨어져 있는 뭔가를 발견하고는 움찔 놀라는 표정을 지었다.

죽은 혈랑파의 두령 시랑의 수급이 길바닥에 아무렇게나

떨어져 있는 것을 발견했기 때문이다.

수급은 여전히 두 눈을 부릅뜬 채였는데 흘러나온 피와 흙이 범벅되어 형편없는 모습이었다.

단운비가 청삼인에 의해서 사라지자마자 그 뒤에 있던 어떤 행인이 단운비가 떨어뜨린 보자기를 즉시 주워 들었다.

이어서 가슴을 두근거리며 보자기를 풀고는 상자 안의 물건을 확인하다가 혼이 달아날 듯한 비명을 지르면서 나가떨어진 후에 시랑의 수급은 길바닥에 방치된 상태로 행인들을 공포에 떨게 만들었다.

청산은 시랑의 수급을 상자 안에 갈무리한 후 날카롭게 주위를 살펴봤지만 어디에도 단운비의 모습은 보이지 않았다.

단운비의 목적은 시랑의 수급을 흑사파 두령 살모사에게 갖다 주고 은자 이백 냥을 받아내는 것이었다.

그런데 수급이 이곳에 떨어져 있다면 단운비는 살모사에게 빈손으로 갔거나 아예 가지 않았다는 말이 된다.

순간 불길한 예감이 청산의 등골을 저리게 했다.

끼익!

청산이 흑사파가 본거지로 삼고 있는 골목 안 막다른 곳의 조그만 장원의 문을 밀고 들어갔을 때 장원 안은 어딘가 어수선한 분위기였다.

저벅저벅—

청산은 정면에 보이는 건물 입구로 곧장 걸어갔다.

“거지새끼야! 어딜 기어들어 오는 거냐?”

“저 새끼 뭐야? 내다 버려!”

몇몇 건달이 청산을 발견하고는 더럽다는 듯 침을 뱉으며 소리치자 근처에 있던 두 명의 건달이 몽둥이를 들고 즉시 청산 앞을 가로막으려 다가갔다.

쿵! 쿵!

그러나 두 명의 건달은 청산 근처에 이르지도 못한 채 걸어가던 동작 그대로 뻣뻣하게 굳더니 나무토막처럼 쓰러져 버렸다.

그들은 죽지도 않았고 혼절하지도 않았는데 쓰러진 채 놀란 표정에 눈만 끔뻑거렸다.

그것이 상승의 지풍에 의해 혈도가 제압된 결과라는 사실을 건달들은 짐작조차 하지 못했다.

그 광경을 보고 건달들은 어리둥절하더니 즉시 다섯 명이 몽둥이를 들고 청산에게 빠르게 덤벼들었다.

청산은 그들을 쳐다보지도 않고 걸어가면서 귀찮다는 듯 가볍게 손을 휘저었다.

퍼퍼퍼퍽!

“흐악!”

“허윽!”

그의 손에서 보이지 않는 무형지기 다섯 줄기가 뿜어져 나가 정확히 다섯 명의 가슴에 적중되어 덤벼들 때보다 더 빨리 튕겨져서 허공으로 날아갔다.

그들 역시 죽거나 큰 부상을 입지는 않았으나 즉시 일어나지 못하고 가슴을 쓸어안은 채 끙끙 신음을 흘렸다.

이후 아무도 청산에게 덤벼들지도 막으려고도 하지 못한 채 멀찍이에서 슬금슬금 청산의 눈치만 살폈다.

그들은 청산이 말로만 듣던 무림고수라는 사실을 그제야 깨닫고 숨조차 크게 쉬지 못했다.

"살모사는 어디에 있느냐?"

청산은 대전 안을 날카롭게 휘둘러 보며 굳은 표정으로 나직이 입을 열었다.

낮은 음성이었지만 건달들의 고막을 울리는 소리라서 듣지 못한 건달이 없었다.

건달들은 아무도 대답하지 않았다. 불복하는 것이 아니라 겁을 집어먹은 것이다.

청산은 지금 이 안에 살모사가 없다고 판단했다. 그는 살모사의 얼굴을 익히 알고 있었다.

단운비가 처음 거리에서 살모사 일행을 만나 사마귀에게 얻어터질 때에도, 그가 두 번째로 살모사를 찾아와서 은자 이백 냥을 빌려달라고 했을 때에도 청산은 가까운 곳에서 지켜보고 있었다.

"너! 살모사는 어디에 있느냐?"

청산은 기둥 뒤에 숨어 있는 건달 하나를 가리켰다.

"허걱!"

지적을 받은 건달은 선 채로 오줌을 질질 싸면서 쥐어짜 내듯 간신히 대답했다.

"으으으… 사, 살모사… 두령은… 가, 갑자기… 사라져 버렸습니다…….

"언제부터냐?"

"흐으으… 어, 어젯밤… 자다가… 연기처럼… 그냥… 사라졌습니다. 우리 모두 오늘 하루 종일 찾았는데… 어디에도 없었습니다."

청산이 이곳에 들어왔을 때 느꼈던 어수선한 분위기는 살모사의 갑작스런 실종 때문이었던 것이다.

청산의 머리가 빠르게 회전했다.

살모사는 누군가에게 납치된 것이 분명하다.

그리고 여러 정황으로 미루어 단운비도 납치됐을 가능성이 높다.

살모사는 어젯밤에, 단운비는 조금 전에 납치됐다. 납치됐다면 과연 둘은 무슨 연관이 있는가.

이런 급박한 상황에서의 생각이라는 것은 결코 길어서는 안 된다.

스웃―

청산의 모습이 흐릿해지더니 그 자리에서 유령처럼 사라

져 버렸다.

사실 그는 신법을 전개하여 들어왔던 길로 나갔지만 워낙 빨라서 건달들 눈에는 그가 그 자리에서 연기처럼 사라진 것으로 보였다.

시랑의 수급이 떨어져 있던 용정로 거리의 양쪽에는 수십 개의 갖가지 점포들이 줄지어 늘어서 있었고 행인들의 왕래가 많았다.

만약 단운비가 납치됐다면, 시랑의 수급이 떨어져 있던 지점에서였을 것이고, 납치자는 수급 따위에는 신경을 쓰지 않았을 것이다.

또한 납치자가 납치 장소를 거리 한복판으로 선택했다는 사실은 그가 주위의 시선을 아랑곳하지 않았다는 뜻이다.

비록 석 달 남짓이었지만 단운비는 뇌정심법과 대라십팔산수를 익혔기 때문에 거지나 건달 따위가 그를 납치하진 못했을 것이다.

그러므로 납치자는 무림고수라는 결론이 나온다.

멀쩡한 행색의 누군가가 악취 풍기는 상거지 꼴의 단운비를 거리 한복판에서 납치했다면 충분히 주위의 이목을 끌었을 것이다.

그러나 그 광경을 목격한 행인들을 찾아내는 일은 불가능한 일이다.

북적이는 행인들의 숫자와 납치된 지점이 보일 만한 각도를 감안했을 때 거리 양쪽 두 곳의 점포에서 목격했을 가능성이 높았다.

청산은 그중 한 약점(藥店)의 점소이에게 은자 한 냥을 주고 그 당시 상황을 명확하지는 않지만 어렴풋이나마 들을 수 있었다.

"걸어가던 거지새끼 하나가 갑자기 비틀거렸는데 그때 뒤에서 따라가던 청삼을 입은 어떤 사람이 그를 부축하고 저기… 저 객잔으로 데리고 가더구만."

청산은 객잔의 점소이에게서 거지, 즉 단운비를 데리고 온 청삼인의 인상착의에 대해서 좀 더 자세히 들을 수 있었다.

청산은 자신이 알고 있는 모든 지식과 경험을 동원해 봤지만 청삼인이 누군지 짐작조차 할 수 없었다.

'그자는 주군의 옷을 벗기고 침상에 눕혔었군!'

청삼인이 단운비를 데리고 들어갔다는 객방을 살피던 청산은 침상에 피가 배어 있고 깔개가 더러워졌으며 악취가 은은히 배어 있는 것을 간파하고는 그런 사실을 짐작했다.

'그자는 대체 무엇 때문에 주군을 알몸으로 침상에 눕힌 것인가?

통상적으로 무림고수가 누군가의 알몸을 살핀다는 것은

두 가지 경우뿐이다. 치료를 할 때와 근골이나 자질을 살피기 위해서이다.

그 당시 단운비는 시랑과 싸우다가 중상을 입고 응급 치료만 받은 채 살모사를 만나러 갔었다.

그러므로 그는 상처 때문에 걷던 중에 혼절했을 수도 있을 것이다.

그래서 누군가 선한 성품의 사람이 그를 객잔으로 데리고 와서 치료를 했을 수도 있다.

청산의 추리는 거기까지가 한계였다.

거기서부터는 행동이 필요했다.

그는 내심으로 단운비가 부디 무사하기를, 청삼인이 아직 항주 성내에 있기를 간절히 기원했다.

第十四章

새로운 운명

풍림화산

"신룡무상패(神龍無上牌)!"

개방(丐幫) 항주 분타주 무영협개(無影俠丐)는 청산이 내민 손바닥만 한 크기의 원형패 하나를 보자마자 나직한 경악성을 터뜨렸다.

패에는 입에 여의주를 문 신룡 한 마리가 살아 있는 듯 꿈틀거리는 모양으로 양각되었고, 한복판에 세로로 '무상(無上)'이라는 글이 새겨져 있었다.

신룡무상패는 신룡문주의 친령(親令)을 받은 인물에게 주는 것으로, 그것을 보이면 신룡문주가 왕림한 것과 똑같은 위세를 발휘한다.

즉, 개방 항주 분타에 신룡문주가 몸소 강림한 것이다.

신룡무상패는 남보 금검보의 '금검일위패(金劍一位牌)와 더불어 무림쌍신패(武林雙神牌)로도 불리며 같은 위세를 지니고 있었다.

개방은 북문남보에 앙복한 이십오 개 방, 문파 중 하나이며, 개방의 총타가 신룡문과 같은 낙양에 있으므로 신룡문과는 떼려야 뗄 수 없는 불가분의 관계를 맺고 있다.

무영협개는 신룡무상패 앞에 납작하게 엎드려 최대한 자신을 낮추는 예를 취하고 일어나 신룡무상패를 내민 사람에게 더없이 공손한 어조로 물었다.

"무엇이든 하명하십시오. 본 방 항주 분타 이백여 제자의 목숨을 귀하게 바치겠습니다."

"사람을 찾아야 하오, 무슨 일이 있어도 반드시!"

개방의 어느 거지보다 더 지독한 악취를 온몸에서 풀풀 풍기는 청산은 어금니를 악물고 단호하게 입을 열었다.

청산은 벽검궁주인 벽풍검웅 예강조와 마주 앉았다.

그는 때를 벗기고 옷을 갈아입을 여유조차 없어서 거지꼴 그대로였다.

"무엇이든 하명하십시오."

예강조는 상대의 몰골이 비록 상거지 꼴이지만 신룡무상패를 지니고 있으므로 그가 신룡문주의 측근이라는 것을 추호도 의심하지 않았다.

"사람을 찾아야 하오."

청산의 나직하지만 강직한 말에 예강조는 긴장한 얼굴로 대답했다.

"찾으시는 사람의 인상착의를 말씀하시면 전 문파 고수를 풀어 찾겠습니다."

청산은 예강조 옆에 다소곳이 서 있는 예소약을 쳐다보았다.

"소궁주가 알고 있는 사람이오."

"……?"

예소약은 얼굴 가득 의아한 표정을 떠올렸다.

당금 천하 무림의 제일문파인 신룡문 문주가 보내어 찾는 사람을 자신이 알고 있다니 놀랄 수밖에.

청산은 딱딱하게 굳은 표정으로 예소약의 얼굴에 시선을 고정시켰다.

"그는 소궁주에게 한 장의 그림을 그려주어 암살범을 잡게 해주었음에도 불구하고 벽검궁 수문무사들에게 몰매를 당해 죽음 직전까지 갔었고, 그 후에는 거리에서 소궁주에게 일장을 적중당해 어깨뼈가 박살 나는 치욕을 당했던 분이오."

"……!"

"설마 낭자는 그가 누군지 모른다고 하진 않겠지. 신룡문에서는 그분을 찾고 있소."

“…….”

예강조는 무슨 말이냐는 얼굴로 예소약을 쳐다보았다.

예소약은 만면에 경악을 떠올린 채 아무 말도 하지 못했다. 그녀의 몸이 점점 더 심하게 떨리고 있었다.

닷새가 지났지만 청산도, 개방 항주 분타도, 벽검궁도 단운비를 찾지 못했고 티끌만 한 단서조차도 찾아내지 못했다.

신룡문과 신룡문의 극비 명령을 받은 문파나 고수들은 혈안이 돼서 단운비를 찾아 헤맸다.

그러나 무림은 그 사실을 전혀 모르고 있었다.

*　　　*　　　*

“뉘신지요?”

흑곰은 눈앞에 서 있는 멋들어진 청년고수를 보며 얼굴에 의아한 표정을 가득 떠올렸다.

청년고수는 비단 옷감의 갈색 경장 차림에 한 자루 장검을 어깨에 메었고 발목까지 오는 가죽 신발을 신었는데 영웅의 기상이 서린 사내다운 모습이었다.

“나는 청산이다.”

“……!”

흑곰과 손교는 입을 딱 벌리며 경악했다.

그러고 보니까 얼굴이 청산과 많이 닮았다. 목소리도 영락없는 청산이다.

"정말… 청산 오빠예요?"

손교가 불신 어린 표정으로 물었다.

"그래."

"어머나! 어디서 한 건 크게 한 거예요?"

청산은 원래 성격이 무뚝뚝했고 지금은 농담을 할 상황이 전혀 아니어서 입을 굳게 다물었다.

"운비 오빠는 어디에 있죠?"

손교는 두리번거리면서 단운비부터 찾았다. 그녀는 청산이 멋진 차림으로 나타났으니까 단운비도 그럴 것이라고 지레짐작했지만 단운비는 어디에서도 보이지 않았다.

"흑곰, 할 말이 있다."

청산은 흑곰을 똑바로 응시했다.

흑곰은 원래 청산이 감정을 드러내지 않는 성격이지만 지금은 평소보다 더하다는 것을 느낌으로 감지했다.

"말해봐라."

그는 청산이 무림고수 같은 모습으로 나타났다고 해서 주눅이 든다거나 할 말을 못하는 성격이 아니다.

"너희 두 사람, 나와 함께 가겠느냐?"

사실 청산은 무림에서 대단한 명성을 떨치고 있었고, 신룡문에서는 수시로 신룡문주를 만날 수 있는 높은 지위의 인물이었다.

예전의 그였다면 흑곰과 손교 따위의 거지에겐 눈길조차 주지 않았을 것이다.

하나 지금은 다르다. 흑곰은 단운비의 친구이며 손교는 여동생이었다.

청산에겐 두 사람을 챙길 의무가 있었다.

"운비 오빠 어디에 있느냐니까 딴소리는?"

청산은 흑곰의 얼굴에 시선을 고정시킨 채 손교의 말을 무시했다.

"어떤 곳이냐?"

"하나만 말해주마. 지금 이 순간부터 너희 인생을 바꿔주겠다."

*　　　*　　　*

단운비는 오랫동안에 걸쳐서 어떤 곳으로 옮겨지고 있는 중이었다.

덜거덕거리는 소리와 몸의 흔들림으로 미루어 자신이 마차를 타고 있다는 것을 알았고, 몸의 움직임은 자유로웠다.

그러나 자유롭지 못한 두 가지가 있었다.

눈이 보이지 않았고 말을 할 수가 없다는 사실이다.

손으로 눈을 만져 봤지만 눈가리개를 하지도 않았는데 아무엇도 보이지 않았고, 호흡하는 데에는 지장이 없었지만 목소리를 입 밖으로 낼 수가 없었다.

그래서 그는 자신이 누군가에게 혈도가 제압된 상태로 어디론가 끌려가고 있다는 사실을 깨닫게 되었다.

그는 손으로 더듬어서 마차가 사방과 지붕이 막혀 있다는 것과 하나의 손바닥만 한 작은 창문이 있으며 마차 안에는 자기 혼자뿐이라는 사실도 알아냈다.

그러므로 자신을 납치했을 것으로 추측되는 마차를 몰고 있는 사람과 단운비 두 사람이 이 긴 여행을 하고 있는 것이라는 추측이 가능했다.

마차를 모는 사람은 하루에 한 번 마차를 멈추고 단운비에게 와서 세 개의 벽곡단을 먹였다.

물도 먹이지 않았고 음식도 주지 않았다. 그래서인지 단운비는 납치된 이후 한 번도 대소변을 보지 않았다.

'이제 보니 이자가 개봉 취봉각에서 날 납치해서 항주에 버렸었군.'

단운비는 그렇게 단정했다.

그가 무엇 때문에 자신을 납치했으며 넉 달 가까운 동안 항주에 방치했는지는 알 수 없었지만, 벽곡단을 먹이고 있다는 사실 때문에 이자가 넉 달 전에 자기를 납치했던 인물일 것이라고 단정한 것이다.

오랜 마차 여행이 끝났는가 싶더니 단운비는 다시 배에 태워졌다.

　그리고 또 몇 날인지 모를 날이 지나갔다. 그는 여전히 보이지 않고 말도 못하는 상태로 선실에 갇혀서 뱃멀미 때문에 창자 속 쓴물까지 다 토해냈다.

　단운비가 항주 용정로 거리에서 납치된 지 두 달에서 이틀이 모자란 어느 날 그는 마침내 목적지에 도착했다.

　그곳은 섬[島]이었다.

　단운비의 새로운 운명이 기다리고 있는.

＊　　＊　　＊

　"사무살과 삼십육비(三十六秘)로 키울 도합 오백 명의 인재를 천하 각처에서 모두 데려왔습니다."

　"우리가 필요로 하는 인원은 사무살과 삼십육비 사십 명뿐이다."

　"오백 명 중에서 최초 한 달 동안 지옥도(地獄島)에서 절반가량만 생존할 것으로 예상하고 있습니다."

　"생존율을 더 낮춰라."

　"어느 정도로……."

　"지옥도에서 최대한 많은 놈을 죽여라."

　"만약 그러다가 이 단계인 팔대지옥계(八大地獄界)에 입계시킬 최소 인원 백 명에 미치지 못하면 어떻게 합니까?"

“상관없다.”

“그렇게 하면… 사무살을 호위할 삼십육비가 모자라게 됩
니다.”

“상관없다. 사무살로 키울 재목을 탈락시켜도 무방하다.”

“…….”

“우리의 목적은 단순히 사무살과 삼십육비를 양성하는 것
이 아니다.”

“…….”

“무림 사상 가장 완벽한 살수를 키우는 것이 목적이다. 최
후에 단 한 명이 살아남아 일무살(一無殺)이 돼도 상관없고 삼
십육비 따윈 아예 없어도 상관없다.”

“그… 렇습니까?”

“사무살로 키울 네 명의 인재를 다른 사백구십육 명과 뒤
섞어놔라. 최후에 몇 명이 생존하든, 그들로 살(殺)과 비(秘)
를 만들 것이다.”

“알겠습니다.”

“한데 단운비는 끝내 못 찾았느냐?”

“그렇습니다. 단운비는 여섯 달 전 개봉의 기루 취봉각에
서 실종된 후 종적이 묘연합니다.”

“아쉽군. 그놈을 사무살로 키워 자식이 아비를 죽이는 멋
진 광경을 구경하고 싶었는데…….”

“본 회(本會)의 수하 중에서도 단운비의 진면목을 알고 있

는 자는 낙양에서 그를 감시하던 몇 명뿐이라서 수색에 어려움이 많았습니다.”

“됐다. 내일 동이 튼 후 오백 명을 모조리 지옥계에 던져 넣어라.”

“존명!”

*　　　　*　　　　*

―죽여라.

단운비는 마차에서도 배에서도 사방이 막힌 곳에 갇혀 있었기 때문에 밖을 전혀 볼 수 없었다.

그리고 배가 망망대해의 어느 섬에 도착하기 직전에 누군가에 의해 혈도가 제압되어 정신을 잃었기 때문에 섬이 어떤 모습을 하고 있는지 보기는커녕 자신이 도착한 곳이 섬인지 육지인지도 알지 못했다.

―죽여라.

단운비는 혼절해 있는 동안 내내 그 소리를 들었다.

‘죽여라’. 누굴, 왜, 어떻게 죽이라는 것인지 알 수 없었지만, 그 소리는 간헐적으로 그의 머릿속을 울리며 끊임없이 최면에 걸린 것처럼 들려왔다.

"……."

마침내 단운비는 눈을 떴다.

그의 코끝에 알싸한 난향(蘭香)이 남아 있었다.

그는 눈을 껌뻑거리다가 눈을 뜬 채 가만히 있었다. 난향이 코끝에서 점차 사라지고 있었고, 얼굴에 서늘한 기운이 느껴졌다.

비[雨]였다. 이슬비가 부슬부슬 내리고 있었다.

뿌연 하늘에서 작은 물방울 알갱이가 수없이 떨어지고 있는 것이 보였다.

참으로 오랜만에 눈이 보였다. 그리고 그는 자신이 어딘지 모를 곳에서 반듯한 자세로 누워 있다는 것을 느꼈다.

'어떻게 된 것인가?'

그는 시랑의 수급을 갖고 흑사파에 살모사를 찾아가려고 용정로 거리를 걷다가 갑자기 정신을 잃고 쓰러졌다.

그 후 깨어난 곳이 마차 안이었고, 다시 정신을 잃고 깨어났을 때는 배에 태워져 있었다. 그리고 또 정신을 잃고…….

'내게 무슨 일이 일어난 것인가?'

의문은 짙은 먹구름처럼 뭉게뭉게 피어났지만 답은 하나도 없다.

"그렇다면 내가 직접 확인하는 수밖에."

슥―

몸을 일으키려고 약간 힘을 주자 예상 밖으로 쉽게 상체가 일으켜졌다.

그는 앉은 채 천천히 주위를 둘러보았다.

아무것도 보이지 않았다.

눈이 보이지 않기 때문이 아니라 주위 석 자 거리가 보이지 않을 정도의 짙은 운무가 자욱하게 깔려 있었던 것이다.

'여기는…….'

그는 어지러운 생각을 털어버리려는 듯 가볍게 고개를 흔들었다.

"……!"

그때 그는 바닥을 짚고 있는 왼손 손등이 써늘하며 그 위로 뭔가 기어가고 있는 것을 느끼고 움찔했다.

슥—

그는 그걸 왼손으로 잡으며 뭔가 확인하려고 그쪽으로 약간 상체를 기울였다.

쉬익!

순간 그의 뒤에서 날카로운 바람 소리가 터졌다.

퍽!

"흑!"

찰나 그의 오른쪽 어깨에 단단한 무언가가 호되게 적중되며 어깨가 무너져 내리는 통증을 느꼈다.

만약 그가 왼쪽으로 상체를 약간 기울이지 않았더라면 그 무언가에 뒤통수를 적중당했을 것이고, 그 정도 위력이라면 중상을 면키 어려웠을 것이다.

"……!"

단운비는 번개같이 뒤돌아보다가 크게 놀랐다.

한 명의 낯선 사내가 우뚝 서서 굵직한 나뭇가지 하나를 두 손으로 움켜잡은 채 머리 위로 치켜들고 있는 것을 발견했기 때문이다.

그 사내의 얼굴은 사납게 일그러졌고, 두 눈에서 이글이글 뿜어지는 것은 바로 살기였다.

"죽여라!"

순간 단운비의 머릿속이 웅웅 울리면서 누군가의 명령이 또다시 들려왔다.

그와 동시에 가슴속이 용암처럼 들끓으며 당장이라도 온 몸이 타버릴 것처럼 뜨거웠다.

"죽여 버리겠다."

그러더니 그의 입에서 자신의 의지와는 전혀 상관없는 중 얼거림이 새어나왔다.

그리고 그의 가슴속에서 들끓던 용암은 어느새 상대를 죽 이고야 말겠다는 '살심(殺心)'으로 돌변했다.

또한 그의 눈에서는 이글거리는 안광이 뿜어지고 있었는

데, 사내의 눈빛과 똑같았다.

위잉!

그때 사내가 있는 힘을 다해서 재차 단운비의 머리를 향해 나뭇가지를 내려쳤다.

손목 두 개 정도 굵기의 나뭇가지다. 한 방에 죽진 않더라도 제대로 맞으면 반격할 능력을 상실하게 될 것이다.

휙!

오로지 상대를 죽여야겠다는 일념만 품게 된 단운비는 자신의 안위 같은 것은 돌보지 않았다.

그는 본능적으로 재빨리 상체를 숙이면서 사내에게 부딪쳐 가는 것과 동시에 왼손에 쥐고 있는 무엇인가를 사내에게 집어 던졌다.

퍽!

그가 갑자기 고개를 숙이는 바람에 나뭇가지는 간발의 차이로 그의 등짝을 후려쳤다. 묵직한 충격이었지만 조금도 고통이 느껴지지 않았다.

퍽!

그는 머리로 사내의 가슴을 거세게 들이받은 후 튕겨져서 바닥을 한 바퀴 구르고는 벌떡 일어섰다.

단운비로서는 거세게 들이받았다고 하지만 사내는 단지 뒤로 한 걸음 주춤 물러났을 뿐이다. 머리 공격은 전혀 효과를 거두지 못했다.

"억!"

그러나 생각지도 않았던 다른 것이 사내의 입에서 다급한 외침이 터져 나오게 만들었다.

방금 전에 단운비는 사내에게 돌진하면서 왼손에 쥐고 있던 무엇인가를 던졌었다.

그런데 그것은 놀랍게도 한 마리 손목 굵기의 청색 뱀이었던 것이다.

청사는 사내의 목을 휘감은 채 귀 바로 아래 목 부위를 힘껏 물고 있었다.

"크으으……"

청사는 사내의 몸에서 떨어져 빠르게 운무 속으로 사라지는데, 사내는 뱀에게 물린 부위를 감싼 채 입에서 검붉은 선혈을 꾸역꾸역 토해내며 비틀거렸다.

쿵!

직후 사내는 쓰러졌다가 잠시 온몸을 격렬하게 떠는 것 같더니 곧 잠잠해졌다.

단운비는 멍한 얼굴로 사내를 쳐다보았다. 그러는 중에 방금 전까지 그를 태워 버릴 것 같던 살심이 순식간에 사라져 버린 것을 느꼈다.

사내는 마른 체격에 강파르게 생긴 용모이며, 옷 밖으로 드러난 얼굴과 두 손이 새파란색으로 변해 있었고, 두 눈을 부릅뜨고 입을 쩍 벌린 채 뻣뻣하게 굳어서 숨이 끊어진 상태였다.

'이건 도대체……'

단운비의 머릿속이 흙탕물처럼 혼탁했다.

이자는 무엇 때문에 다짜고짜 날 죽이려 한 것이고, 도대체 여긴 어디란 말인가.

내가 왜 이런 곳에서 깨어난 것인가. 의문이 꼬리를 물고 피어났으나 어떤 의문도 해답이 없었다.

'조금 전에 이자를 죽이라고 누가 나한테 명령한 것 같았는데……'

그것은 생전 처음 느끼는 걷잡을 수 없는 살심이었다. 마치 마음속에 도사리고 있는 또 다른 내가 명령하는 듯했다.

그는 주위를 두리번거리며 살폈으나 짙은 운무뿐 사람의 모습은 보이지 않았다.

아니, 설혹 근처에 누군가 있어서 '죽여라!' 라고 소리쳤다고 하더라도 그 한마디에 자신이 이성을 잃을 정도의 살심에 휩싸였다는 사실을 이해할 수가 없었다.

그러나 그는 더 이상 생각을 잇지 못했다.

쇠아아—

츠츠츠—

가까운 곳, 아니, 발아래 쪽에서 괴이한 소리가 들려오고 있었기 때문이다.

급히 아래를 내려다보던 그는 혼비백산하고 말았다.

언제 어디에서 나타났는지 여러 마리의 뱀이 그의 발 주변에서 꿈틀거리고 있었다.

그리고 그중 두세 마리는 대가리를 처든 채 그의 발로 기어오르려 하고 있는 중이었다.

아니, 뱀은 그게 전부가 아니었다. 그의 전면과 좌우에서 수백 마리가 떼 지어서 우글우글 몰려들고 있는 중이었다. 갑자기 어디에서 이렇게 많은 뱀이 쏟아져 나왔는지 모를 일이다.

단운비는 오싹 진저리를 쳤다. 공포 때문이 아니라 냉혈동물인 뱀에게서 지독한 냉기가 끼쳐 왔기 때문이다.

"으으……."

그는 자신도 모르게 주춤주춤 뒤로 물러섰다.

쏴아아—

잠시가 지났을 때 셀 수도 없이 많은 뱀들이 꿈틀거리면서 그에게 몰려들었다. 꿈에서 봐도 기겁할 만한 광경인데 이것은 절대 꿈이 아니다.

그는 계속 뒤로 물러섰다. 저 뱀들에게 한입씩만 뜯어 먹혀도 뼈조차 남기지 못할 것이 분명했다.

투둑—

한순간 뒤로 물러서던 그의 왼발 아래가 허전했다.

휘익!

"으악!"

그리고는 그의 몸이 쏜살같이 깊이를 알 수 없는 낭떠러지 아래로 추락했다.

풍덩!

차가운 감촉이 한순간 온몸을 엄습했다. 이번에는 물이다. 그는 물로 떨어져서 깊이 가라앉기 시작했다.

너무도 급격한 변화다. 오랜 혼절에서 깨어난 직후 낯선 사내의 급습과 수백 마리 뱀들의 공격, 그리고 다시 물에 빠져서 가라앉고 있는 것이다.

그때 그의 허벅지 뒤쪽이 따끔했다. 아니, 힘껏 꼬집어 뜯는 것처럼 아팠다.

뒤이어 그 느낌이 삽시간에 몸 전체로 퍼졌다. 온몸 수십 군데가 뭔가에 뜯기고 있었다.

'……!'

다음 순간 황급히 주위를 둘러보던 단운비는 그것의 실체를 발견하고는 아연실색하고 말았다.

그것은 손바닥만 한 크기의 물고기였는데, 다른 물고기와는 달리 입속에 칼날 같은 뾰족한 이빨이 가지런히 번뜩였으며 수십 마리가 그의 온몸에 달라붙어 살점을 물어뜯고 있었다.

그의 몸에서 흘러나온 피 때문에 주위가 온통 시뻘겋게 물들었고, 피 냄새를 맡고 똑같은 물고기 떼가 사방에서 새카맣게 몰려들고 있는 게 보였다.

‘맙소사! 식인어(食人魚)다!’

물고기, 즉 식인어들은 벌떼처럼 달려들어 한입에 한 움큼씩의 살점을 뜯어내 삼키고는 다시 달려들었다.

단운비의 몸뚱이가 뼈만 남게 되는 것은 시간문제다. 아니, 식인어 떼는 그의 뼈조차도 먹어치울 기세였다.

크게 당황한 그는 미친 듯이 팔다리를 허우적거렸다. 이런 상황에서 무슨 방법이 있을 턱이 없다. 그저 무의식적으로 버둥거리는 것뿐이다.

위를 쳐다보니 수면과의 거리는 십여 장이나 됐다. 수면에 도착하기도 전에 그는 뼈만 남을 것이다.

어딘지도 모르는 곳에 이유도 모른 채 끌려와서, 더구나 물 속에서 이대로 허무하게 죽을 수는 없다는 생각이 그의 머리를 스쳤다.

그는 다급히 두리번거렸다. 그사이에도 수백 마리 식인어 떼는 그의 온몸을 사정없이 뜯어 먹고 있었다.

문득 그는 뒤쪽 삼 장여 떨어진 거리에 수초가 무성하게 자라 있는 수중 절벽을 발견하자마자 그곳을 향해 필사적으로 헤엄쳐 갔다.

지상의 낭떠러지가 물속 바닥까지 이어져서 수중 절벽을 이룬 것이었다.

‘저기다!’

수중 절벽이 가까워지자 그의 동공 속으로 무성한 수초 사이에 가려져 있는 하나의 좁은 동굴이 쏘아 들어왔다.

그는 미친 듯이 팔다리를 움직여서 앞뒤 가릴 것 없이 즉시 동굴 속으로 빨려들었다.

그의 몸에 셀 수도 없이 많은 식인어들이 달라붙어 있었고, 그보다 더 많은 식인어 떼가 그를 따라 동굴 안으로 쏟아져 들어왔다.

그의 허우적거림은 아예 필사적이었다. 동굴 속으로 깊이 들어간다고 해서 살 수 있는 것도 아니었지만 그는 헤엄을 멈추지 않았다.

물어뜯기는 고통도 느끼지 못했다. 오직 살아야 한다는 일념만이 머릿속을 지배하고 있을 뿐이었다.

그러나 그는 곧 절망하고 말았다. 어느새 동굴의 막다른 곳에 도달한 것이다.

'아아……!'

그는 막다른 곳을 등진 채 자신을 향해 새카맣게 몰려오고 있는 식인어 떼를 망연자실 쳐다볼 수밖에 없었다.

그 순간에도 수십 마리 식인어들이 그의 몸을 게걸스럽게 뜯어 먹고 있는 중이다.

이제야말로 끝장이다.

이룬 것도 없이 살아온 십칠 년, 아니, 납치된 후 해를 넘겼으니 이제 십팔 년이 됐다.

그 길지 않은 십팔 년의 생을 시체조차 남기지 못하고 이제 곧 마감해야 할 처지에 놓였다.

'한낱 물고기 떼에게…….'

어이가 없었다. 아니, 물고기에게 뜯어 먹힌다는 사실이 어이없는 게 아니라 자신이 살아온 삶의 궤적이 참으로 부질없었다.

'허헛!'

그래서 차라리 웃음이 나왔다. 그는 식인어 떼에 온몸을 내맡기고 껄껄 웃었다.

'이처럼 허무한 것을…….'

식인어 때문에 느끼지 못했던 숨이 그제야 차왔다.

'헛헛헛!'

그는 고개를 젖히고 헛웃음을 지었다. 그러자 기다렸다는 듯이 입속으로 콸콸 물이 쏟아져 들어왔다.

아주 짧은 순간 수많은 과거지사가 그의 뇌리를 주마등처럼 스쳐 갔다.

촌음을 백으로 쪼갠 듯한 짧은 순간에 그토록 많은 과거지사가 한꺼번에 떠오를 수 있다는 사실이 그 와중에도 신기하게 여겨졌다.

"……!"

고개를 젖히고 내심으로 허탈하게 웃던 그는 한순간 눈이 잔뜩 커지며 크게 놀라는 표정을 지었다.

자신의 머리 위 반 장쯤 높이에 수면이 있는 것을 발견한 것이다.

그리고 그 수면 위로 종유석 같은 것들이 주렁주렁 고드름처럼 매달려 있는 광경이 보였다.

'헛것이 보이는 건가?'

쏴아아—

식인어 떼 수백 마리가 목전까지 쇄도하고 있을 때 그는 두 발로 힘껏 동굴 바닥을 박차며 위로 솟구쳤다.

촤아—

헛것이 아니었다. 그것은 분명히 수면이었고, 하나의 작은 웅덩이를 이루고 있었다.

그는 필사적으로 웅덩이를 기어올랐다. 그가 물 밖으로 나왔는데도 몸에 달라붙어 있는 수십 마리의 식인어들이 아귀처럼 그의 온몸을 물어뜯고 있었다.

그는 미친 듯이 발버둥 치면서 손으로 식인어들을 털어내며 바닥에 데굴데굴 굴렀다.

"헉헉헉헉!"

기진맥진했다. 자신의 몸이 식인어 떼에게 얼마나 뜯어 먹혔는지 살펴볼 기력도 없었다.

"헛헛헛."

그는 사지를 벌리고 누워서 허탈한 웃음을 터뜨렸다.

득도(得道)는 고승이나 노도사들의 면벽으로만 얻어지는 것이 아니다.

몇 달의 거지 생활, 그리고 여러 차례의 죽을 고비, 극과 극
으로 이어진 자신의 처지 등이 색광이며 파락호였던 그에게
깨달음을 주었다.

'원래 살아 있다는 것과 죽는 것은 경계가 없었어.'

第十五章
살인최면(殺人催眠)

풍림화산

단운비는 죽은 듯이 누워 있었다.

그곳에 있는 작은 연못이 흐릿하게 밝아지면 날이 밝은 줄 알았고, 어두워지면 밤이 된 것이라고 여겼을 뿐, 아무것도 하지 않고 사지를 늘어뜨린 채 그저 누워만 있었다.

그는 자다가 깨기를 수없이 반복했다. 잘 때는 아무 생각 없이 시체처럼 줄기차게 잠만 잤고, 깨어 있을 때에는 자신이 태어난 이후 기억할 수 있는 모든 것을 차곡차곡 낱낱이 떠올리며 반추하기를 되풀이했다.

그러는 동안에 그는 자신이 소 같다는 생각을 했다. 소는 먹이를 많이 먹기 위해서 대충대충 씹어서 먹은 것을 위에 저장했다가 나중에 꺼내어 되새김질을 한다.

단운비는 대충대충 살았던 지난 세월을 이제야 다시 끄집어내서 하나씩 차근차근 되새김질하며 반추했다.

참 지독히도 허망하게 살았던 십팔 년 세월이었다.

“큭큭큭.”

문득 그는 닷새 만에 누운 자세에서 눈을 감고 목젖을 울리면서 낮게 웃었다.

심장을 조각내어 뱉어내는 듯 자괴적인 웃음이었다.

“큭큭큭… 이런 상황에서도 허기를 느끼다니……. 큭큭, 정말 웃기는 일이로군.”

너무 허기가 져서 정신이 몽롱한 상태였다. 그렇지만 썩 나쁜 기분은 아니다. 오히려 그것은 기묘한 쾌감마저 동반하고 있었다.

그는 허기를 견딜 수 없는 것이 아니라, 그저 허기를 느끼기만 했다. 그냥 단순한 허기 말이다.

이대로 계속 굶다가는 내가 어떻게 되고 말겠다는 생각은 조금도 하지 않았다.

지난 닷새 동안 수많은 생각을 한 그였다. 그러므로 당연히 자신이 지금 처한 상황이라든지, 숱한 의문에 대해서도 생각했다.

하지만 골백번을 생각해 봐도 분명하게 알 수 있는 것은 단 두 가지뿐이었다.

첫째, 자신이 아직 살아 있다는 사실.

둘째, 이제는 자신의 생사를 스스로 결정해야 할 때라는 것과 그 결정이 많이 늦어지면 곤란하다는 사실.

만약 죽을 생각이라면, 그냥 이대로 누워 있기만 하면 간단하게 해결될 것이다.

그럼 약간의 허기를 느끼다가 정신을 잃게 될 것이고, 그 후는 조용한 죽음으로 이어질 터이다.

그리고는 모든 게 끝이겠지.

신룡문의 소문주였는지, 항주 하구촌의 거지였는지 모를 신분 같은 것은 그저 풀리지 않는 의문으로 남긴 채 죽음의 세계로 들어갈 것이다.

그리고 모든 것은 완벽한 망각 속에 묻혀 버린다.

그러나 만약 살 생각이 있다면, 너무 늦지 않게 움직여야만 할 것이다.

그래서 일단 뭐든 입에 넣을 수 있을 만한 것을 찾아서 먹어야 할 것이다.

그러나 지금의 그가 살기 위해서는, 먼저 살아야 하는 이유를 찾아내는 것이 전제돼야만 한다.

현재의 단운비에겐 살아야만 하는 이유보다, 죽을 수밖에 없는 이유가 훨씬 더 많았다.

그래서 그는 그로부터 이틀 동안 더 누워 있었고, 마침내 결론을 얻었다.

‘왜 내가 이렇게 됐는지 알아내야만 하겠다! 그 후에 상대가 누구든 응분의 대가를 치르게 하겠다!’

결국 개봉 취봉각에서 술을 마시고 잠들었던 자신이 어째서 항주 외곽의 거지촌에서 깨어나야만 했는지, 또한 시랑을 죽이고 나오던 자신을 누가 납치해서 이런 지독한 상황에 내던졌는지 기필코 알아내는 것이 그의 첫 번째 목표가 되었다.

그리고 그다음에는 그런 행위들에 대한 마땅하고도 처절한 보복이 뒤따라야 하리라.

“끙.”

단운비는 식인어에게 공격당해서 이곳에 들어온 지 칠 일 만에야 비로소 몸을 일으켜 앉았다.

강과 동굴로 스며들어 온 매우 흐릿한 빛 때문에 작은 연못이 부윰한 것을 보니 지금은 낮인 것 같았다.

연못으로 스며든 어슴푸레한 잔광 덕분에 그가 있는 공간의 내부를 어느 정도 살피는 것이 가능했다.

그곳은 그저 폭 오 장 정도에 불과한 타원형의 음습한 공간일 뿐 아무것도 없었다.

바닥에서 천장까지의 높이는 이 장 정도. 바닥과 천장. 사방은 모두 축축한 흙이었다.

단운비는 일단 이 아담한 공간을 자신의 임시 거처로 삼기로 결정했다.

아니, 그가 이미 누워 있으니 거처로 삼고 자시고 할 것도 없이 이미 그의 거처가 되어 있었다.

그는 오랜 시간을 두고 찬찬히 자신의 몸을 살펴보았다.

이 낯설고 괴이한 곳에 처음 버려졌다가 깨어나자마자 정체 모를 인물에게 몽둥이에 얻어맞았던 부위는 지금은 아무렇지도 않았다.

대신 식인어 떼에게 무참히 뜯어 먹힌 온몸 수십 군데가 움푹움푹 파인 채 줄줄 누런 고름을 흘리고 있었다.

염증이었다. 상처가 썩어 들어가고 있는 것이다. 게다가 물어뜯긴 부위들이 무지하게 쓰리고 아팠다.

하지만 지금은 그런 것을 세세히 돌보거나 아파할 처지가 아니다.

그보다 더 급한 일이 있다. 무언가를 먹고 기력을 회복하는 일이 우선이다.

문득 주변 바닥에 어지럽게 흩어져 있는 손바닥만 한 거무튀튀한 물체들이 눈에 띄었다. 칠 일 전에 그를 지독하게 물어뜯던 식인어 떼였다.

그가 허겁지겁 이곳에 올라온 후에도 몇 마리 식인어가 게걸스럽게 물어뜯고 있는 것을 몸부림치면서 떼어냈던 기억이 났다. 그것들은 썩는 중이어서 지독한 냄새를 풍겨내고 있었다.

슥—

단운비는 일말의 감정도 없는 표정으로 식인어 한 마리를 집어들고 입으로 가져갔다.

토할 것 같은 역한 악취가 풍겼지만 개의치 않고 입속에 우겨 넣고 씹어댔다.

모진 각오라는 것은 때때로 사람의 이성과 감정을 무디게 하고, 무신경하게 만들기도 한다.

"우적우적!"

썩은 식인어를 씹는 도중에, 심해 바닥에 가라앉아 있다가 차츰 모습을 드러내는 빙산처럼 새로운 성격 하나가 그의 내심의 한구석을 차지하기 시작했다.

일단 목표를 세우면 무슨 일이 있어도 이루고야 만다.

설혹 그것 때문에 목숨을 잃게 되더라도 기필코 이룬다.

그것은 신룡문의 소문주였던 시절에는 존재하지 않았던 성격이다.

그런 집념은 그가 집으로 돌아갈 목적으로 시랑을 죽이기 위해서 사력을 다해 대라십팔산수를 연마할 때 한차례 경험했고, 또 성공했다.

어쩌면 그 '집념' 이라는 것은, 그가 신룡문의 소문주가 아닌, 그저 한 인간으로서 필요에 의해서 최초로 이끌어낸 그의 잠재된 여러 가지 것 중의 하나였을 것이다.

그는 자신의 속에 집념 말고도 다른 것들이 잠재되어 있을 것이라고 추측했다.

그것이 무엇인지는 아직 모르겠지만, 지금은 집념 외에도 몇 가지가 더 필요한 상황이었다.

"우적우적."

그는 서두르지 않고 천천히 꼭꼭 씹으면서 악취 나는 식인어들을 먹어치웠다.

그러면서 그는 잠재되어 있는 것들 중에서 또 하나가 스멀스멀 똬리를 풀고 마침내 모습을 드러내는 것을 발견했다.

그것은 '독기(毒氣)'였다.

그 자신조차도 소름이 끼칠 정도로 아주 지독한.

"우웨엑!"

한차례 뇌정심법을 운기하고 난 단운비는 허리를 꺾고 반시진 전에 먹었던 것들을 모조리 게워냈다.

썩은 식인어를 입에서는 어떻게든 씹어 넘겼으나 위장이라는 놈이 받아들이지 못하는 모양이었다.

"우욱! 웨엑!"

더 이상 게워낼 것이 없는데도 계속되는 헛구역질이 그를 괴롭혔다. 창자의 쓰디쓴 물까지 깡그리 토해낸 후에야 그는 무언가를 먹었을 때보다 더 힘없이 바닥에 엎드린 자세로 축 늘어졌다.

"헉헉헉!"

뺨을 바닥에 댄 채 헐떡였다.

기다렸다는 듯이 또다시 오만가지 잡생각이 와르르 떠올

랐다.

그것부터 해결해야만 했다. 목표가 정해진 이상 목표 외의 생각은 불필요했다. 잡생각을 한다는 것도 쓸데없는 기력의 낭비다.

그는 그 상황에서도 몸을 무장하기 전에 마음부터 무장하는 것이 순서라고 결정했다.

그런 결정을 내리고 있는 중에도 잡생각이 마구잡이로 떠올랐다.

'빌어먹을!'

그는 부들부들 떨리는 두 손으로 바닥을 짚고 힘겹게 상체를 일으켰다.

이어서 아직도 많이 남아 있는 식인어 하나를 집어 입으로 가져가 씹기 시작했다.

"우적우적—"

'내가 결정했으니 입이든 위장이든 무조건 명령에 따라야만 한다! 따르지 못하는 위장이라면 목구멍 안으로 손이라도 쑤셔 넣어서 뜯어내 버리겠다!'

돌을 씹어 먹든 흙을 삼키든 기필코 소화시켜야 한다. 다른 선택은 없다. 그래야만 생존한다.

지금은 생존해야 할 때인 것이다. 그 외의 생각은 사치다.

"우적우적—"

썩은 식인어를 먹는 동안 그의 턱을 타고 악취 풍기는 시커

먼 액체가 흘러내렸다.

씹는 동안 그의 부릅뜬 두 눈은 시뻘겋게 충혈된 채 맞은편 진흙 벽면의 한 점에 고정되었다.

두 눈에서 광기 같기도 하고 독기 같기도 한 것이 이글거리다가 눈 속 깊은 곳으로 조용히 가라앉으며 사라졌다.

바닥에 식인어가 한 마리도 남지 않았을 때 그는 비로소 뇌정심법을 운기하기 시작했다.

입에 이어서 위장도 주인의 상황이 심각하다는 사실을 인지한 듯했다. 그의 위장은 더 이상 썩은 식인어를 토해내지 않았다.

그는 열심히, 아니, 결사적으로 뇌정심법에 매달렸다.

썩은 식인어라도 입에 쑤셔 넣어서 목숨만이라도 붙어 있는 것만이 생존하는 게 아니다.

그가 생각하는 생존은 나날이 아주 조금씩이라도 강해지면서 살아남는 것이다.

먹어서 냄새나는 똥을 만들어내는 것이 아니라, 내력을 쌓는 것이 첫 번째 목적이다.

두 번째 썩은 식인어를 먹고 사흘쯤 지났을 때까지 그는 무려 삼십여 회 이상 운기를 했다. 그러나 그것으로 내력이 쌓이는지 어떤지는 알 수가 없다.

대신 한 가지 눈에 띄는 것이 있었다. 식인어 떼에게 물어

뜯겨서 고름을 흘리며 썩어가던 상처들에 모조리 딱지가 앉
았다. 게다가 더 이상 쓰리고 아프지도 않았다.

만약 그것들이 모두 한꺼번에 썩기 시작했다면, 어떻게 손
을 써보지도 못한 채 온몸이 썩어문드러져서 죽음을 맞이하
게 됐을 것이다.

그랬다면 무덤은 따로 쓸 필요가 없을 뻔했다. 이곳이 바로
무덤일 테니까.

그래서 그는 뇌정심법이 상처를 다스리기도 한다는 사실
을 처음 깨달았다.

그리고 그것은 그가 처해 있는 모든 악조건 중에서 유일한
위안이었다.

또 허기가 느껴졌다. 살아 있는 동안은 무엇이라도 먹어야
만 한다.

그는 느리게 주변을 둘러보며 뭔가 먹을 만한 것을 찾으려
고 했다.

먹어야 할 때라고 알려준 것은 허기지만, 진짜 먹어야 할
이유는 허기 때문이 아니라 허기를 채워야 운기를 할 수 있기
때문이었다.

그러나 보이는 것이라곤 축축하게 습기를 머금은 검붉은
흙뿐이었다.

인간이 지렁이처럼 흙을 먹을 수 있다면…….

그의 시선이 공간 안을 천천히, 그리고 샅샅이 부유하다가

마지막으로 작은 연못에 고정됐다. 이곳에서 밖으로 통하는 유일한 통로다.

그리고 아무래도 먹을 것에 대한 보급도 그곳을 통해서 이루어져야 할 것 같았다.

그는 한동안 꼼짝도 하지 않고 연못을 쏘아보기만 했다.

신룡문의 소문주였다가 거지로 전락한 이후 그가 깨달은 여러 가지 중에서 가장 중요하면서도 큰 것은 대가 없는 결과란 없다는 사실이었다.

무엇인가를 얻으려면 반드시 그에 상응하는 대가를 지불해야만 했다.

먹을 것을 얻자면 움직여야만 할 것이다.

첨벙!

그는 거침없이 작은 연못으로 뛰어들었다. 희뿌연 빛이 스며들고 있는 수중 동굴이 강 쪽으로 오 장가량 곧게 뻗어 있었다.

그 끝에는 거무스름한 휘장 같은 것이 쳐져서 동굴 입구를 막고 있었으며, 그 틈새로 빛이 스며들고 있었다.

문득 단운비는 동굴 바닥에 드문드문 뭔가 둥근 물체들이 느리게 기어다니는 것을 발견했다.

'자라!'

자라를 한 번도 본 적이 없지만 서책을 통해서 잘 알고 있기에 보는 즉시 알아보았다.

그는 즉시 빠르게 헤엄쳐 가서 그중 한 마리를 덥석 잡았
다. 자라가 목을 길게 빼고 그의 손목을 깨물었지만 개의치
않고 다른 손으로 또 한 마리를 잡은 후 작은 연못 위로 집어
던졌다.

자라는 모두 여섯 마리였다. 그가 연못 위로 기어오르자 땅
에 집어 던졌던 자라들이 연못을 향해서 허우적허우적 모여
들고 있었다.

그는 급히 자라의 모가지를 비틀었다가 힘껏 잡아당겼다.
자라 목이 반 자 정도 길게 늘어났다가 투둑! 하고 끊어지며
분수처럼 피가 뿜어졌다.

그는 즉시 자라 목에 입을 대고 피를 빨아 먹었다. 처음에
는 역한 비린내가 나는 듯했는데 뒷맛이 고소했다.

여섯 마리 자라의 목을 모조리 잡아 뽑고는 일일이 입에 갖
다 댔다.

행여 흘릴세라 조심하면서 한 방울도 남기지 않고 쪽쪽 다
빨아 먹었다.

그가 뜯겨져 나간 자라 목에 입을 대고 피를 빠는 중에도
자라의 짧은 네 개의 다리가 쉴 새 없이 버둥거렸다.

마지막 자라의 몸통에서 더 이상 피가 나오지 않자 그는 자
라를 내려놓고 불룩해진 배를 쓰다듬었다. 실로 오랜만에 느
껴보는 포만감이다.

히죽!

　피범벅이 된 이를 드러내고 웃는 그의 모습은 영락없는 혈귀(血鬼)였다.

　입 주위와 턱이 온통 피투성이였는데, 입에서 흘러내리는 실낱같은 피를 새빨간 혀를 내밀어 핥아먹는 모습을 누군가 봤다면 혼비백산했을 것이다.

　그는 지금 느끼고 있는 이 포만감을 낭비하고 싶지 않았기 때문에 즉시 가부좌를 틀고 앉아서 운기에 들어갔다.

　두 차례 연이은 운기가 끝났을 때는 연못에서 빛이 스며 나오지 않아서 공간 내부가 칠흑처럼 어두웠다.

　밤이다.

　그는 그대로 옆으로 쓰러져서 잠을 자기 위해 팔베개를 하고 눈을 감았다. 얼마 지나지 않아 그는 가늘게 코를 골며 깊은 잠에 빠졌다.

　잠에서 깬 단운비는 날이 새기를 기다렸다가 걸레가 돼버린 옷을 모두 벗고 알몸으로 수중 동굴을 헤엄쳐 나가 동굴 입구에 이르렀다.

　그곳에 검은 장막처럼 드리워진 채 입구를 가로막고 있는 것은 길이가 일 장에 이르는 수초였다. 좋은 위장막이었다. 굳이 뽑거나 자를 이유가 없다.

　그는 수초 사이로 머리를 약간 내밀어 밖을 내다보았다.

　이제 막 동이 터서인지 강에는 여기저기 일렁이는 수초 군락과 약간의 물고기 떼가 움직이고 있을 뿐이다. 식인어는 보이지 않았다.

　현재 단운비가 경계하는 것은 식인어 떼였다. 놈들에게 걸릴 경우 필사적으로 자신의 은거지까지 도주하면 죽지야 않겠지만 그의 몸도 온전하지는 못할 것이다.

　그는 조심스럽게 동굴 밖으로 헤엄쳐서 나갔다. 강물의 유속이 그다지 빠르지 않아서 천천히 유영하여 강바닥에 수초가 무성한 곳으로 숨어들어 몸이 떠오르지 않도록 수초의 아랫부분을 움켜잡고 용변을 보았다.

　아무것도 먹지 않았을 때에는 배설할 것도 없어서 문제가 없었지만, 뭐라도 먹은 이상 배설하는 것은 어쩔 수 없는 일이었다. 용변은 몸에서 배출되는 즉시 물 위로 솟구쳐 올라갔다.

　빠르게 용변을 본 단운비는 다시 동굴 입구를 향해 전력으로 헤엄쳐 갔다.

　헤엄치면서 위를 올려다보니 수면까지는 육칠 장 정도의 거리였다. 수심이 깊은 것이 그나마 다행이었다.

　그는 수면 위로 떠올라 바깥을 살펴보고 싶은 충동을 힘겹게 억제했다.

　언젠가는 그럴 때가 오겠지만 지금은 아니다. 기력이 충만해지고 자신감이 생겼을 때가 바로 그 시기다.

동굴 입구에 거의 도달했을 때 그는 강바닥에 주먹 크기만
한 것들이 깔려 있는 것을 발견했다.

조개였다. 뒤돌아보니 강바닥 전역에 걸쳐서 크고 작은 조
개들이 지천으로 깔려 있었다. 일단 그는 손에 잡히는 대로
서너 개의 조개만 집어들었다.

"……!"

그가 조개를 집고 막 고개를 들었을 때 전면에서 한 마리의
식인어가 빠르게 다가오고 있었다. 아니, 그 뒤에 또 한 마리
가 따라오고 있었다.

두 마리 식인어가 반 장 앞에 이르자 단운비는 움직임을 멈
추었다. 그러자 몸이 위로 떠오르기 시작했다.

진퇴양난이었다.

움직이자니 식인어가 달려들 테고, 가만히 있으려니 몸이
떠올라 수면 위로 노출될 위기에 직면하고 말았다.

식인어 두 마리쯤은 감당할 수 있었다. 하지만 더 무서운
것은 식인어 한두 마리가 나타나면 어디선가 곧 수백 마리가
무리 지어 나타날 것이라는 사실이다.

게다가 숨이 차기 시작했다. 만약 뇌정심법을 운기한 덕분
이 아니었다면 이 정도까지 버티지도 못했을 것이다.

그때 이상한 일이 일어났다. 그가 떠오르고 있는 중에 가깝
게 다가온 최초의 식인어가 그의 발밑으로 스쳐 지나가고 있
었다.

그 순간 그의 뇌리를 스치는 한 가지가 있었다. 식인어는 눈이 나쁜 것이다. 그래서 움직이는 물체만 공격한다는 사실이었다.

고로 움직이지만 않으면 주위에 식인어가 아무리 많아도 무사할 수 있다는 논리다.

하지만 계속 떠오르고 있는 몸뚱이는 어떻게 할 텐가. 이제 수면과의 거리는 삼 장 남짓 남았을 뿐이다.

문득, 그는 무언가 자신의 살갗을 스치고 있는 것을 느끼고 쳐다보니 긴 수초였다.

즉시 쥐고 있던 조개를 놓고 팔을 뻗어 수초를 잡았다. 그러자 떠오르던 몸이 정지했다.

다른 손을 뻗어 또 한 줄기의 수초를 잡았다. 상체가 정지하는 대신 몸에서 제일 가벼운 하체가 위로 향했다.

즉, 수초를 잡은 두 팔은 아래로, 다리는 위로 향한 거꾸로 자세가 되고 만 것이다.

그때 그의 부릅떠진 눈이 이쪽으로 몰려오고 있는 한 떼의 식인어에게 고정됐다. 족히 수백 마리는 될 듯했다.

두둑—

다음 순간 잡고 있던 수초의 한쪽 뿌리가 뽑히기 시작했다.

물에서의 부력이 아무리 가볍다고 해도 수초란 원래 연약하기 이를 데 없어서 사람이 지탱하기에는 한계가 있다.

하나가 뽑히고 나면 나머지 하나가 뽑히는 것은 시간문제일 것이다.

기적이 일어나지 않는 한 그의 몸이 수면으로 떠오르던가 식인어 떼에게 뜯어먹히게 될, 그야말로 눈썹에 불이 붙은 연미지액의 순간이다.

기적.

그가 신룡문의 소문주라는 지고무상한 신분에서 하루아침에 거지가 되어버린 이후부터 기적이란 한 번도 일어나지 않았다.

아니다. 어찌 보면 그가 여태껏 살아 있다는 것 자체가 기적이 아니겠는가.

그렇다. 기적이란 자연적으로 일어나는 것이 아니라 스스로 창조해 내는 것이다.

투두―

수초 하나가 뽑히더니 이제 나머지 하나도 뽑혀 버렸다. 그와 동시에 그의 몸이 빠르게 떠올랐다.

그 순간 그는 재빨리 뇌정심법은 운기하기 시작했다.

무언가 깨달음이 있어서가 아니고, 뇌정심법이 자신을 구해줄 것이라고 믿어서도 아니다.

지금 이 순간에 그가 할 수 있는 일이라곤 오직 그것뿐이기 때문이었다.

그 순간 마음속의 온갖 잡념이 깡그리 비워지면서 한 번도 경험하지 못했던 평정심이 찾아들었다.

몸이 빠르게 위로 솟구치고 있었지만 생사도 초월했다. 그저 뇌정심법을 운기할 뿐이다.

신기한 일이었다. 가장 절망하고 다급해야 할 순간에 오히려 평소보다 더 몸과 마음이 평온해진다는 사실은.

몸이 다시 똑바로 세워지면서 점점 떠올라 이제 그의 머리와 수면과의 거리는 반 장 남짓이 남았을 뿐이다.

스으—

드디어 그의 머리가 수면 위로 약간 솟구쳤다.

그 상태에서 솟아오르던 몸이 뚝 정지했다. 그는 내기가 온몸에 퍼져 있는 것을 느꼈다. 아마도 그것 때문에 몸이 완전히 떠오르지 않은 것 같았다.

코까지만 수면 위로 내놓은 채 멈춘 상태였다. 그리고 우연인지 얼굴이 강변 쪽을 향하고 있었다.

숨을 오랫동안 참았기 때문에 갑자기 거친 숨을 몰아쉬어야 당연했지만 그의 코는 평소보다 더 소리없이 호흡을 하기 시작했다. 아마도 운기 덕분일 것이다.

그는 전신에 퍼져 있는 내기를 하체로 보내는 것에 전념했다. 제대로는 모르지만 그렇게 해야 하체가 무거워져서 몸이 하강할 것 같았다.

언제 어느 때 시기적절하게 내기를 신체의 어느 부위로 보내는 것에 익숙하지 않은 그다.

그때 그의 전면 오륙 장가량 떨어진 강변의 오른쪽에서 왼쪽으로 두 사내가 달려오기 시작하는 것이 눈에 띄었다.

둘 다 갈가리 찢어진 옷을 입은 모불사(貌不似)의 꼴인데, 앞선 자는 도를 쥐었고 뒤쫓는 자는 창을 쥐고 있었다.

단운비는 그들을 보는 순간 머리가 텅 비고 이상한 기운이 가슴에서 끓어오르는 것을 느꼈다.

'이건 뭐지?'

그때 강변을 달려가는 두 명 중 뒤쫓는 자가 창을 던져 도 망치는 자의 등 한복판에 꽂았다.

창에 꽂힌 자는 자신의 심장을 뚫고 삐져 나온 창날을 굽어 보면서 비틀거리며 몇 걸음 더 걷다가 풀썩 쓰러졌다. 이후 몸을 몇 차례 떨더니 숨이 끊어졌다.

창을 던진 자는 재빨리 달려가 죽은 자의 등을 발로 밟으며 창을 뽑고는 득의한 웃음을 흘리면서 천천히 주위를 둘러보 았다.

"죽여라."

단운비가 가슴속에서 끓어오르는 이상한 기운 때문에 혼 란스러워하고 있을 때 이번에는 느닷없이 머릿속에서 누군가 의 음성이 들렸다.

아니, 그것은 음성이라기보다는 은은한 종소리 같았다. 그 리고 그 소리는 순식간에 그의 정신을 지배해 버렸다.

그와 동시에 가슴속의 기운이 아주 빠르게 그의 온몸으로 퍼져 나가는가 싶더니 피가 용암처럼 들끓으며 강가에서 창을 쥐고 서 있는 사내에 대한 알 수 없는 적개심이 걷잡을 수 없이 피어올랐다.

그것은 살심(殺心)이었다.

생면부지의 사내를 죽이고 싶다는, 반드시 죽여야만 한다는 활화산 같은 열망이었다.

이유도 목적도 없다. 저자를 죽이지 못하면 내가 죽어야만 하는 조건부도 아니다.

단지 알 수 없는 그 무엇이 무조건 저자를 죽이라고 명령하고 있었다.

"크으으……."

그리고 더 중요한 것은 단운비에겐 그 명령을 항거할 힘이 없다는 사실이었다.

그는 사내를 죽이기 위해서 강변으로 헤엄치려고 두 팔을 움직이며 입에서는 맹수의 으르렁거림을 흘려냈다.

그때 그의 몸이 갑자기 아래로 하강하면서 머리가 물속으로 쑥 잠겨 버렸다.

내력을 하체로 보내려고 한 것이 바로 그 순간 효과를 보인 것이다.

그는 사내를 향해 헤엄쳐 가려고 두 팔을 맹렬하게 허우적거렸다.

하지만 단지 그 동작만으로는 빠르게 하강하는 속도를 거스를 수가 없었다.

그는 하체에 있는 내력을 급히 두 팔로 이동시키려고 애썼으나 그러는 중에도 몸은 빠르게 계속 하강했다.

그런데 몸이 하강하면서 창을 쥔 사내의 모습이 시야에서 사라지는 것과 동시에 머릿속에서 '죽여라' 하는 종소리 같은 소리가 더 이상 들려오지 않았다.

그뿐 아니라 금방이라도 몸이 폭발할 것처럼 팽배하던 살심도 씻은 듯이 사라져 버렸다.

만약 그의 몸이 하강하지 않았다면 그는 강변으로 뛰어올라 앞뒤 가릴 것 없이 사내에게 달려들었을 것이다.

그는 아주 잠깐 한바탕 지독한 꿈을 꾼 것 같은 기분으로 멍하게 있었다.

그러는 중에 몸은 점점 가라앉아 마침내 두 발이 바닥에 닿았다.

주위를 둘러보니 식인어는 한 마리도 보이지 않았다. 그가 수면에 떠 있는 사이에 모두 지나간 것 같았다.

그러나 지금은 식인어가 문제가 아니다. 그는 오로지 한 가지 생각밖에 하지 않았다.

조금 전 머릿속에서 들려왔던 종소리 같은 것과, 그것을 듣는 순간 생면부지의 사내를 죽여야만 한다는 활화산 같은 살심이 왜 갑자기 솟구쳤는가 하는 것이다.

그는 황망한 심정으로 서둘러 헤엄쳐서 동굴로 향했다.

"헉헉헉……."

동굴 속 웅덩이 밖으로 기어오른 그는 바닥에 벌렁 누워서 거칠게 숨을 몰아쉬었다.

호흡이 점차 정상을 되찾자 다시 조금 전의 상황이 떠올랐다. 그리고 그때부터 내내 그 생각에만 골몰했다.

'죽여라' 는 말, 아니, 그것은 언어화된 말이 아니라 그냥 단순한 '의미의 전달' 일는지도 모른다.

하여튼 그것은 단운비가 이 낯선 곳에서 정신을 차리기 전에도 한동안 그의 머릿속을 온통 지배하고 있었다.

그런데 어째서 줄곧 잊고 있다가 조금 전의 그 낯선 자를 보는 순간 느닷없이 떠올랐는지 모를 일이었다.

'이게 처음이 아니다!'

그는 속으로 외치며 벌떡 일어나 앉았다.

이곳 낯선 땅에 처음 도착하여 정신을 막 차렸을 때에도 그와 비슷한 일이 벌어졌었다.

웬 생면부지의 한 사내가 두 눈에서 살기를 뿜어내며 다짜고짜 단운비에게 굵은 나뭇가지를 휘두르며 덤볐는데, 그 사내를 보는 순간 조금 전과 같은 그런 걷잡을 수 없는 살심이 솟구쳤었다.

그리고는 그 사내가 뱀에 물려서 죽자 살심이 거짓말처럼 씻은 듯이 사라졌다.

　그런데 조금 전에는 그의 몸이 수면 아래로 하강하면서 낯선 사내의 모습이 시야에서 보이지 않게 되자 살심이 삽시간에 사라져 버렸다.

　'낯선 사람을 보면 살심이 생기고 죽거나 보이지 않으면 사라지는 것이다!'

　그렇게밖에는 결론을 내릴 수가 없다. 그런 일은 단 두 번뿐이었지만 명석한 그가 결론을 내리기에는 그것으로도 충분했다.

　'내가 혼절해 있는 동안에 누가 내게 최면술(催眠術)을 건 것인가?'

　수많은 고서를 탐독한 단운비가 최면술에 대해서 모를 리가 없다.

　최면술에는 스스로 암시하는 '자기 최면'과 타인이 거는 '타자 최면'이 있는데 지금과 같은 경우에는 '타자 최면'일 가능성이 높다.

　'필경 나를 납치해서 이곳에 데려다 놓은 자가 최면을 걸었을 것이다.'

　그는 개봉의 기루에서 술에 만취한 자신을 납치하여 항주의 거지 소굴에 내다 버린 인물과, 항주에서 시랑의 수급을 갖고 살모사에게 돈을 받으러 갈 때 자신을 납치한 인물이 동일인물일 것이라는 생각은 지금도 변함이 없었다.

　그래서 그자가 자신에게 최면을 걸었을 것이라는 예상을

망설임없이 할 수 있는 것이다.

그때 문득 어떤 일련의 사실이 그의 뇌리를 스쳤다.

'이곳에는 나 외에도 여러 명이 있다. 그리고 그들도 나처럼 누군가를 보면 죽이고 싶다는 '살심의 최면'에 걸렸을 것이다.'

처음 정신을 차렸을 때 그를 죽이려고 했던 자도, 얼마 전에 강변에서 다른 사내를 창으로 찔러 죽였던 자도 소위 '살심의 최면'에 걸렸을 가능성이 높았다. 아니, 분명히 그럴 것이다.

그렇다면 또 다른 추측이 가능해진다. 누군가 여러 사람을 납치하여 '살심의 최면'을 건 후 이곳에 풀어놓고는 서로 죽이기를 강요하고 있다.

'대체 무슨 목적인가?'

세상의 모든 일에는 원인과 수단, 목적이 있게 마련이다. 목적 없는 원인이란 있을 수 없으며, 원인 없는 수단과 목적은 더더욱 있을 수 없는 법이다.

풀어놓은 사람들의 숫자가 얼마인지, 그들을 한꺼번에 푼 것인지, 아니면 지금도 계속 잡아다가 풀고 있는 것인지는 짐작조차 할 수 없는 상황이다.

그때 그의 심중에서 한 가지 의문이 강하게 치솟았다.

자신이 신룡문의 소문주라는 사실을 알고 납치한 것인지, 아니면 불특정 다수를 마구잡이로 납치하는 과정에서 재수

없이 납치된 것인지가 의문이다.

'최소한 내가 신룡문의 소문주이기 때문에 납치된 것은 아닌 것 같다. 그저 여러 명을 납치하는 과정에 우연히 내가 섞여들었을 가능성이 크다.'

잠시 생각하던 그는 그런 결론에 도달했다.

북문남보의 신룡문 소문주는 결코 평범한 신분이 아니다. 그러므로 그를 납치했다면 납치한 자들은 마땅히 그에 타당한 행동을 보여야만 할 것이다.

하지만 그 행동이 살인 최면을 걸어서 서로를 죽이게 만드는 것은 언어도단(言語道斷)이다.

모조리 죽이려고 납치했다는 말인가. 그것은 미치광이라도 하지 않을 짓이다.

현재 단운비는 이곳에 끌려온 다른 자들과 똑같은 취급을 당하고 있는 듯하다.

그것은 단운비를 납치한 암중인이 그의 신분을 모르기 때문에 가능한 일이 아니겠는가. 알고 있다면 당연히 특별 취급을 했을 것이다.

거기까지 생각하던 단운비의 머리에 새로운 의문 하나가 생겨났다.

'그렇다면 개봉 취봉각에서 나를 납치하여 항주에 내다 버린 자와 항주에서 나를 납치해서 이곳에 데리고 온 자가 동일 인물이 아니라는 말인가?'

조금 전까지만 해도 단운비는 두 인물이 동일인물이라고 거의 확신하고 있었다.

하지만 그렇게 생각하기에는 많은 무리가 따른다.

개봉 취봉각에서 단운비를 납치했던 자는 그의 신분을 잘 알고 있었던 것 같다.

그런데 항주에서 단운비를 납치한 자는 그의 신분을 모르고 있는 것이 분명해졌다.

그러므로 결론적으로 두 사람은 동일인물이 아닌 것이다. 만약 동일인물이라면 단운비를 결국 이곳으로 데려올 것이면서 무엇 때문에 항주 하구촌에 버렸겠는가.

단운비를 하구촌에 버린 자와 이곳에 데리고 온 자는 필경 지니고 있는 목적이 다르다. 그러므로 동일인물일 수 없는 것이다.

'어떻게 그런 일이 있을 수 있는 것인가?

생각이 거기까지 이르자 의문에 앞서서 어이없다는 생각이 들었다.

어떻게 한 사람이 두 번씩이나 다른 자에 의해서 납치를 당할 수 있단 말인가.

그렇지만 지금으로선 무수한 의문들을 풀 수 있는 터럭만한 실마리조차 없는 상황이다.

아무리 생각을 거듭해 봐야 시간낭비에 머리만 아프고 속만 끓을 뿐이다.

뭔가 단서가 생겼을 때 생각해도 늦지 않다. 지금은 현실에
충실해야 한다.

무슨 일이 있어도 살아남아야 한다는.

"어쨌든……."

그렇게 결론을 내린 단운비는 돌처럼 차디찬 얼굴로 나직
이 중얼거렸다.

"네놈들이 원하는 대로 돼주지는 않겠다."

第十六章
고투(孤鬪)

풍림화산

철썩! 철썩!

약간 거센 파도가 뱃전을 두드리는 소리가 규칙적으로 들
리고 있다.

망망대해 한복판에 배 한 척이 떠 있다.

배라기보다는 하나의 작은 섬이라고 해야 옳을 정도로 거
대하기 짝이 없다.

길이가 무려 백여 장, 폭이 이십여 장, 높이가 삼십여 장에
달하는 실로 어마어마한 크기다.

선수(船首) 양쪽에 바다 속으로 드리운 두 개의 닻줄은 어
른 몸통 굵기다.

물결이 제법 거센데도 배가 워낙 커서인지 꿈쩍도 하지 않
았다.

배, 아니, 거선(巨船)에는 칠 층에서 구 층 높이의 거대한 전
각 십여 채가 하늘을 찌를 듯 솟아 있다.

가장 높은 전각 지붕에 깃대가 꽂혀 있으며 하나의 삼각 깃
발이 바람에 펄럭인다.

獨天.

독천. 하늘 아래 혼자라는 뜻이다.

다시 말해서 천하를 자신의 뜻대로 마음껏 쥐고 뒤흔들겠
다는 의미다.

여러 전각 중에서 복판의 누각처럼 높이 지어진 구 층 건물
꼭대기 층의 활짝 열린 창에서 누군가의 목소리가 흘러나왔
다.

"현재 상황을 보고드리겠습니다."

창 안쪽에는 한 명의 금포인이 뒷짐을 진 자세로 창밖을 내
다보며 우뚝 서 있었다.

금포인 뒤에 서 있는 한 명의 황삼인이 공손히 허리를 굽히
고 나서 손에 쥐고 있는 종이를 보며 보고했다.

"한 달이 지난 현재 총 오백 명 중에 이백이십칠 명이 죽었
습니다."

종이에는 깨알 같은 글씨가 빼곡하게 적혀 있었다.

"후최면적살술(後催眠敵殺術)로 인해서 백오십사 명이 죽었으며, 나머지 칠십삼 명은 지옥계(地獄界)에 의해서 죽었습니다."

이들 신비 조직은 납치한 오백 명에게 후최면적살술이라는 악독한 마심술(魔心術)을 걸었다.

그것은 최면술을 더욱 발전시킨 술법이며, 마도(魔道)에 뿌리를 두고 있었다.

후최면적살술에 심지가 제압된 사람은 시술자가 요구하는 살인 행위를 하게 된다.

신비 조직은 납치한 오백 명에게 '누구든지 사람을 보면 무조건 죽여라'는 암시 명령을 걸었다.

그리고 그들 오백 명에게 일정 시간이 지나면 자연히 해혈되는 혼혈을 제압해 두었다.

이후 그리 크지 않은, 그러나 산과 들, 강, 늪, 밀림, 호수 등 모든 자연 조건이 존재하는 중원의 축소판인 섬 지옥도(地獄島) 곳곳에 그들 오백 명을 흩뿌려 놓았다.

혼혈에서 깨어난 오백 명이 이리저리 돌아다니다가 사람과 마주치는 순간 후최면적살술이 발동되어 서로를 죽이고 죽는 아수라장이 벌어진 것은 당연지사.

더구나 신비 조직은 후최면적살술 말고도 또 다른 안배를 해두었다.

아니, 달리 해둘 필요가 없었다. 그들이 세운 지옥계(地獄界)라는 안배는 바로 지옥도 자체니까.

신비 조직은 이날을 위해서 천하 곳곳의 온갖 독물(毒物) 수백 종류 수십만 마리를 산 채로 잡아와서 지옥도에 풀어놓았다.

그래서 이유도 모른 채 납치되어 온 오백 명은 서로에 의해서 죽고 독물들에 의해서 죽어가는 대참극이 벌어지고 있는 것이다.

금포인은 창밖 저 멀리 아득하게 보이는 하나의 작은 점을 응시하고 있었다.

그 점은 섬[島]인데 거리가 워낙 멀어서 작은 점으로 보이는 것이다.

그 섬이 바로 대참극이 벌어지고 있는 지옥도다.

"생존한 이백칠십삼 명은 지옥도의 각 지역에서 현재 치열하게 싸우고 있는 상황입니다."

"진행이 더디군."

금포인이 중얼거리자 뒤에 서 있는 황삼인은 잠시 보고를 중지했다.

"보고는 더 듣지 않아도 된다. 즉시 파심(破心)을 하라."

파심. 말인즉 마음을 깨뜨리라는 것이다.

황삼인은 움찔 가볍게 몸을 떨었다.

"삼천존(三天尊)님, 그러다가 전부 몰살하는 불상사가 벌어지면 어떻게 합니까?"

금포인 삼천존은 지체없이 명령했다.

"오전과 오후, 그리고 밤에 각 한 시진씩 파심을 하라. 이후 지켜보다가 백 명이 남으면 파심을 중지하라."

황삼인은 설핏 안도의 표정을 지었다.

"그런 방법이 있었군요."

"즉시 실행하라."

"존명."

황삼인은 깊숙이 허리를 굽혔다가 펴고 나서 삼천존의 당당하고 너른 등을 보면서 조심스럽게 입을 열었다.

"삼천존님, 지난 한 달 동안 단 한 차례도 행적이 파악되지 않고 있는 자들이 있습니다."

오십대 중반의 나이에 희끗희끗한 반백의 머리카락을 깨끗하게 빗어 올려서 깔끔하게 상투를 묶었으며, 눈가와 입가에 잔주름이 약간 있는 말끔하고 준수한 용모에 청수한 학자 같은 풍모를 지닌 삼천존은 저 멀리의 지옥도에 시선을 고정시킨 채 아무 말도 하지 않았다.

황삼인은 그런 침묵이 익숙한 듯 계속 말을 이었다.

"세 명인데, 시체가 발견되지 않았지만 일단은 죽은 것으로 추정하고 있습니다."

"용전주(龍殿主), 어째서 그들이 죽었다고 생각하느냐?"

삼천존 휘하에는 두 개의 전(殿)이 있으며, 황삼인은 용전(龍

殿)의 전주다.

"지옥도에는 두 개의 강이 있습니다. 그들이 죽어서 강에 가라앉은 상태에서 바다로 떠내려갔다면 발견되지 않았을 수도 있습니다."

용전주는 조심스럽게 삼천존의 등을 한차례 힐끗 본 후 말을 이었다.

"또한 지옥도에는 여러 개의 호수와 늪이 있으니 그곳에 가라앉았을 수도 있으며, 독물들이 시체를 흔적도 남기지 않고 먹어치웠을 가능성도 배제할 수 없습니다."

삼천존은 길게 생각하지도 않고 반문했다.

"한 달 동안 이백이십칠 명이 죽었고 그들의 시체는 모두 발견됐는데 어째서 그들 세 명은 발견되지 않은 것이냐?"

"속하의 소견으로는……."

용전주는 말끝을 흐렸다. 자신의 소견을 밝히려면 방금 전에 말했던 것을 다시 설명해야 하기 때문이다.

상전으로 군림하는 인물은 어떤 점에서라도 아랫사람보다 우월하다.

뛰어난 능력을 지니고 있든지, 아니면 뛰어난 배경을 지니고 있다.

삼천존은 전자의 경우다. 그는 아랫사람이 생각하지 못하는 것들을 생각하고, 또한 경험을 토대로 앞일을 내다보는 능력을 지니고 있다.

"살아 있는 모든 것들의 죽음은 반드시 어딘가에 흔적을 남기게 마련이다. 흔적이 없다면 그것은 아직 살아 있다는 증거다."

삼천존은 지옥도 어딘가에 그 세 명이 살아 있다고 확신했다. 아니, 살아 있기를 바라고 있었다.

"기필코 그들을 찾아내야 한다. 그들이야말로 사무살에 적격이다."

뎅~ 뎅~ 뎅~

지옥도 어디에선가 은은한 종소리가 울려 퍼졌다.

파심의 시작을 알리고 또 다른 살육의 서막을 알리는 종소리다.

이 종소리가 다시 울리기 전까지 지옥도에 있는 사람들은 눈에 띄는 살아서 움직이는 모든 것을 죽이고 또 죽일 것이다.

그러다가 자신도 죽어갈 것이다. 이성을 잃은 채 끝없이 죽이고 죽는 것.

그것이 바로 파심이다.

*   *   *

꿈틀.

단전 깊숙한 곳에서 무엇인가 미미하게 움직이는 것이 아련하게 느껴졌다.

단운비가 뇌정심법을 운기한 지 다섯 달 보름째의 일이다.

아니, 다섯 달 보름인지 그보다 더 되는지는 정확하게 알 수가 없다.

항주성에서 납치당한 후 이곳까지 끌려온 기간이 얼마나 걸렸는지 알 수 없기 때문이다.

어쨌든 지금 단전에서 느껴지고 있는 것은 내기(內氣)나 내력(內力)이 아닌 것만은 분명하다.

항주 하구촌에서 영은산으로 무공 수련을 하러 다닌 지 석 달, 뇌정심법을 시작한 지 석 달 보름 만에 체내에 생성된 것은 내력이었다.

영은산에서 처음으로 내력을 느꼈을 때에는 무척이나 미미했다.

그런데 지난 두 달 동안 많이 증대되어 어제까지만 해도 운기를 하면 내력이 왕성하게 체내를 돌아다녔다.

그런데 지금 단운비가 느끼고 있는 것은 내력하고는 전적으로 달랐다.

내력은 단지 힘[力]만을 느끼지만, 지금 것은 힘과 뜨거움, 그리고 묵직함 세 가지가 한꺼번에 느껴지고 있다.

'내공(內功)이다!'

단운비는 그렇게 확신했다. 뇌정심법을 시작한 지 다섯 달 보름 만에 마침내 생애 최초로 내공을 생성시킨 것이다.

보통 사람이 최소한 삼 년 이상 걸려서 이룰 수 있는 일을 그는 불과 다섯 달 보름 만에 이룬 것이다.

거기에는 세 가지 이유가 있었다.

첫째, 그의 신체가 보통 사람하고는 근본적으로 다른 천무골이기 때문이다.

그것은 같은 노력을 하더라도 보통 사람보다 대여섯 배 이상의 결실을 볼 수 있다는 뜻이다.

둘째, 보통 무공 연마를 하는 사람들은 평균적으로 하루에 다섯 차례 정도 운공조식을 하는 데 비해서, 단운비는 하루에 이십 차례 이상 했다.

그것은 그가 다른 사람들보다 네 배 이상 운공조식을 많이 했다는 뜻이다.

많이 두드린 쇠가 더 강해지는 것처럼, 운공조식을 많이 하면 내공이 그만큼 빨리 생성된다는 것은 당연한 일이다.

셋째, 우연찮게도 그는 이곳에서 간간이 영물을 먹는 행운을 누렸다.

그 세 가지 이유 덕택에 그는 불과 다섯 달 보름이라는 단시일에 생애 최초의 내공을 생성할 수 있게 된 것이다.

처음으로 내공이 생성된 것을 초공(初功)이라고 한다. 내공 수위는 보통 삼십 년부터 매기지만 초공을 굳이 분류하자면 십 년 내공이라고 할 수 있다.

단운비는 여린 홍분을 느꼈다. 오래전, 학문에서 손을 뗀 이후로는 좀처럼 느낀 적이 없는 홍분을 이런 지옥의 맨 밑바닥에서 느끼고 있었다.

그러나 운공조식 중에 홍분은 금물이다. 그는 홍분을 가라앉히고 즉시 조심스럽게 단전에서 내공을 이끌어내서 전신으로 보내기 시작했다.

확실히 내력으로 운공을 할 때와는 다르다. 내력이 조그만 실개천으로 비유할 수 있다면 내공은 계류 같은 것이다.

그렇다고 해도 아직은 산골짜기에서 수줍게 흐르는 작은 계류에 불과하다.

이것을 오랜 세월 동안 키우면 강물도 되고 거대한 바다도 될 터이다.

단운비는 한 시진에 걸쳐서 연이어 세 차례의 운공조식을 하고는 천천히 눈을 떴다.

'아, 상쾌하다!'

심신이 날아갈 듯한 것을 느끼고 그는 얼굴 가득 환한 표정을 지었다.

이것은 무엇이라고 설명할 수 없는 기분이다. 몸이 하나의 깃털처럼 가벼워졌고, 머릿속은 명경지수처럼 맑으면서도 마치 과거와 미래를 환하게 꿰뚫어 볼 수 있을 것처럼 명철했다.

뇌정심법을 익힌 이후 이런 느낌은 처음이다. 아니, 난생처음이다.

'이런 것이 무공인가?'

부친이 그토록 무공을 익히라고 따라다니면서 애원하다시피 했을 때 무공 연마를 시작했더라면 이런 기분을 더 일찍 맛보았을 것이다.

아니, 지금은 너무도 참담한 상황이라서 느낌이 몇 배나 배가되었고, 그래서 기쁨과 만족감이 훨씬 더 증폭됐기 때문일 것이다.

슥―

그러나 기쁜 마음도 잠깐, 단운비는 천천히 일어섰다.

그가 알고 있는 유일한 무공인 무당파의 절기 대라십팔산수를 연마하려는 것이다.

그는 지난 두 달 동안 이곳 수중 동굴에서 생활하면서 대라십팔산수를 거의 완벽하게 익혔다.

아무리 천무골의 자질이며 천재적인 두뇌를 지닌 단운비라고 해도 바깥세상에서 대라십팔산수를 연마했다면 전력을 다하더라도 족히 일 년은 걸렸을 것이다.

그러나 지금 그는 특수한 환경과 상황에 처해 있다.

어딘지도 모르는 장소. 누군가의 눈에 띄기만 하면 목숨을 잃고 말 절박한 위기 상황. 누가 자신을 납치했는지, 무엇 때문에 그러는지도 모르는 짙은 안개 속 같은 의문.

그런 특별한 상황하에서 그가 믿을 수 있는 것은 오로지 자신 하나뿐이다.

하지만 이대로 수중 동굴 속에 숨죽인 채 웅크리고 있는다고 해서 상황이 변하는 것이 아니다.

언젠가는 이곳에서 나가야만 한다. 한 마리 벌레처럼 꿈틀거리면서 살다가 이곳에 뼈를 묻을 수는 없다. 그래서 매일 필사적으로 무공을 연마했다.

그가 연마하고 있는 것은 뇌정심법과 대라십팔산수 두 가지뿐이다.

그의 머릿속에는 헤아릴 수 없을 정도로 많은 무공이 담겨 있으나, 그냥 대라십팔산수를 계속 연마하기로 했다.

대라십팔산수는 일초식이 기초고, 이초식부터 구초식까지는 기술적인 수법인데, 그는 항주성에 있을 때 일초식을 웬만큼 다져 놓은 상태라서 뒷부분을 연마하는 데 별다른 어려움이 없었다.

그리고 그에겐 무기가 없기 때문에 검법이나 도법 같은 것을 익혀봐야 아무런 소용이 없다.

그가 갖고 있는 것은 맨몸, 즉 적수공권이다. 적과 맞닥뜨리면 맨주먹과 두 발로 상대해야 하는데, 대라십팔산수가 적격인 것이다.

휘잉!

팡! 팡! 팡!

그가 날렵하게 몸을 움직이면서 두 주먹과 두 발을 휘두를 때마다 허공을 가르는 파공음과 허공을 때리는 격타음이 연속적으로 터졌다.

그의 계산으로 이곳은 지상에서 최소 칠팔 장 깊이의 땅속이기 때문에 이곳에서의 파공음이 밖에까지 들리진 않을 것이라고 판단했다.

지금은 연못에서 한 움큼의 빛조차 스며들지 않는 캄캄한 한밤중이다.

하지만 단운비는 지난 두 달 동안 대라십팔산수를 연마하면서 폭 오 장, 높이 이 장여의 동굴 안 구석구석을 환하게 파악하게 되었다.

아니, 구태여 그런 것이 아니더라도 현재의 그는 캄캄한 한밤중에도 동굴 속의 모든 사물을 대낮처럼 환하게 볼 수가 있었다.

예전의 그는 유달리 시력이 좋았었다. 하지만 지금은 암흑 속에서도 멀리 있는 깨알처럼 작은 사물조차도 또렷하게 구별할 수 있다.

처음에 그는 그 이유가 점차 내력이 증진되고 있기 때문인 것으로 여겼다.

하지만 그것은 착각이었다. 그리고 지금은 무엇 때문에 캄캄한 밤에도 올빼미보다 더 잘 볼 수 있게 되었는지 원인을 알게 되었다.

그는 닷새 전부터 대라십팔산수의 최종 마무리를 하고 있었다.

가르쳐 주는 사람도 없는데다 그가 전개하는 것을 보고서 평가해 주는 사람도 없으며, 사람을 상대하는 것이 아니라 매일 허공에 대고 주먹과 발길질을 하고 있다.

그러므로 자신의 실력이 어느 정도인지, 얼마나 늘었는지 제대로 알지 못한다.

그저 대라십팔산수의 구결에 따라서 차근차근 연마했고, 자신이 생각하기에 최대한에 도달했다고 판단이 서면 다음 초식으로 넘어갔다.

입고 있던 누더기 옷은 처음에 이곳에 들어온 직후 벗어놓고는 한 번도 입지 않았다.

식량을 구하기 위해서 며칠에 한 번씩 물속을 드나들기 때문에 몸은 깨끗했다.

캄캄한 동굴 속에서 눈처럼 흰 살결의 그가 알몸으로 권각술을 연마하는 광경을 누가 본다면 요절복통을 금치 못할 것이다.

"헉헉헉!"

한 시진 동안 촌각도 쉬지 않고 대라십팔산수를 연마한 그는 거친 숨을 몰아쉬면서 바닥에 털썩 주저앉았다.

이어서 한차례 운공조식을 하고 깨어나자 심신은 상쾌해졌는데 극심한 허기가 느껴졌다.

구석으로 엉금엉금 기어가자 그곳에서 역한 비린내가 확

풍겨졌다.

그곳 구석 바닥에는 그가 먹이로 삼고 있는 것들이 마구 뒤엉킨 채 쌓여 있었다.

자라와 개구리, 물고기 따위들인데 모두 죽은 상태다.

단운비는 한번 먹이 사냥을 나가면 닥치는 대로 잡아다가 자라는 일단 목을 끊어서 피를 빨아 마시고, 개구리와 물고기는 죽여서 보관한다. 보관이라기보다는 그냥 구석에 내던져 놓는다.

처음에 이곳에 들어왔다가 썩은 식인어를 먹고 토하기를 반복하다가 겨우 먹을 수 있게 된 이후로는, 살아서 움직이는 것이라면 아무것이나 먹게 되었다.

아니, 동물뿐만 아니라 강바닥에 뿌리를 내리고 있는 수초나 뿌리도 먹는다.

고기만, 그것도 날것으로 계속 먹다 보면 병에 걸릴 수 있다는 사실을 잘 알기 때문이다.

단운비는 고깃덩이들을 뒤적이다가 껍질이 은은한 금빛 자라 한 마리를 집어들었다.

강바닥에는 자라가 무진장으로 깔려 있었는데 이따금씩 이 금빛 자라가 잡혔다.

동서고금의 모든 지식에 해박한 단운비는 금빛 자라가 '귀별금보(龜鱉金寶)'라는 이름을 갖고 있으며, 중원에서는 매우 귀한 영물(靈物)인 것을 잘 알고 있었다.

　물론 보는 것은 처음이지만, 자신이 갖고 있는 지식과 맞춰 본 결과 귀별금보가 틀림없다고 확신했다.

　귀별금보는 피가 흰색인 백혈(白血)이다. 그리고 귀별금보가 영물이라고 불리는 이유는 바로 그 백혈에 있다.

　단운비가 알고 있는 지식에 의하면, 귀별금보의 백혈을 한 모금만 마셔도 무병장수하고, 무공을 연마하는 사람이 마시면 내공이 증진된다고 했다.

　하지만 중원에서는 귀별금보가 워낙 귀하기 때문에 그것의 백혈을 구할 수가 없다.

　다만 간혹 어디 사는 아무개가 우연히 귀별금보를 잡아서 황제나 고관대작에게 백만금을 받고 팔아 횡재했다는 소문이 풍문처럼 떠돌 뿐이었다.

　그런데 이곳에서 단운비는 자주는 아니지만 이따금 귀별금보를 잡아서 벌써 십여 마리째 백혈을 마셨다.

　그가 내공을 다섯 달 보름여 만에 생성하게 된 가장 큰 이유가 아마도 귀별금보의 백혈을 마셨기 때문일 것이다.

　또한 암흑 속에서도 대낮처럼 환하게 사물을 볼 수 있는 능력 역시 귀별금보의 백혈 덕분이라고 판단했다.

　"으적으적."

　그는 피를 다 빨아 먹히고 몸뚱이만 남은 귀별금보를 무표정하게 날것으로 씹어 먹기 시작했다.

　제아무리 귀한 귀별금보라고 해도 이곳에서는 단지 단운

비의 식량일 뿐이다.

날것이기는 해도 오래 씹고 있으면 고소한 육즙이 나와서 먹을 만했다.

귀별금보 한 마리를 다 먹어치운 그는 잡아놓은 것들을 뒤적이다가 주먹 하나 반 크기의 개구리 한 마리를 집었다.

다른 개구리들은 갈색이거나 녹색에 크기가 주먹 절반인데 비해서, 그가 집어든 개구리는 피처럼 붉은색이다. 더구나 눈 위쪽에 두 개의 손가락 두 마디 길이의 뿔이 황소처럼 불쑥 솟아나 있다.

또한 다른 개구리들은 강에서 잡았으나 이 핏빛 뿔개구리는 이곳 동굴 안에서 잡았다.

아니, 온몸에 진흙을 잔뜩 묻힌 채 기어다니고 있는 것을 우연히 발견했다.

최초의 뿔개구리를 먹어치운 이후에 동굴 곳곳을 자세히 살펴보다가 동굴 한쪽의 진흙 벽 속에서 또 다른 뿔개구리 한 마리가 꾸물꾸물 기어나오는 것을 발견했다.

뿔개구리는 흡사 뱀처럼 혓바닥을 날름거리면서 쉭! 쉭! 소리를 내며 핏빛의 뿌연 혈무를 뿜어냈는데, 몹시 고약한 냄새가 났다.

사실 그 혈무는 극독(劇毒) 자체다. 한 모금만 들이마셔도 열 호흡 안에 즉사하고 살갗에 스치기만 해도 썩어 들어가는, 그 무엇보다도 강력한 극독인 것이다.

　그러나 단운비는 혈무에 쏘였을 뿐만 아니라 뿔개구리를 먹기까지 했다. 그것도 한두 마리가 아니라 지금껏 이십여 마리나 먹었다.

　그런데도 아무렇지 않다. 거기에는 그럴 만한 이유가 있다.

　원래 귀별금보의 백혈에는 세상에 알려지지 않은 특별한 효능이 몇 가지 있었다.

　그것은 피독(避毒)이다. 즉, 어떠한 독이라고 해도 귀별금보의 백혈을 복용한 사람은 조금도 해를 입지 않는다.

　그렇다고 뿔개구리의 극독이 해독되어 사라진 것은 아니다.

　단지 단운비의 체내에 차곡차곡 축적되어 있을 뿐이다.

　단운비로선 정말 운이 좋았다. 만약 먹는 순서가 뿔개구리와 귀별금보로 바뀌었으면 그는 뿔개구리의 혈무를 쐬는 순간 즉사하고 말았을 것이다.

　하지만 그는 뿔개구리에게 극독이 있다는 사실을 꿈에도 모르고 있었다.

　그는 이곳의 먹잇감 중에서 귀별금보를 제일 좋아하고 그 다음에 뿔개구리다.

　귀별금보를 좋아하는 이유는 맛이 있을 뿐만 아니라 백혈을 복용하면 내공 증진에 효험이 있기 때문이다.

　뿔개구리를 좋아하는 이유는 순전히 부드러운 고기 맛 때문이다.

약간 쌉쌀하면서도 고소한 맛이 있으며, 뿔개구리를 먹고 나면 피로가 풀리는 느낌을 받는다.

이각에 걸쳐서 귀별금보와 뿔개구리를 각 한 마리씩 먹고 난 그의 손바닥에는 손가락보다 약간 작고 손가락 절반 굵기의 길쭉한 물건 두 개가 놓여 있었다.

그것은 뿔개구리 머리에 난 두 개의 뿔이다. 즉, 와각(蝸角)인 것이다.

그것이 피처럼 새빨간색이므로 혈와각(血蝸角)이라는 이름이 적당했다.

뿔개구리 머리 위로 솟은 혈와각의 길이는 손가락 두 마디였으나 머릿속에 반 마디 정도가 박혀 있어서 제법 길쭉한 형태였다.

그는 손바닥의 혈와각 두 개를 한쪽에 내려놓았다. 그곳에는 그동안 그가 먹은 이십여 마리 뿔개구리에게서 나온 사십여 개의 혈와각이 가지런히 놓여 있었다.

그는 혈와각을 하나도 버리지 않고 모두 모아놓았다. 비록 작기는 하지만 쇠처럼 단단하고 양쪽이 바늘처럼 뾰족해서 장차 쓸모가 있을지도 모르기 때문이다.

이윽고 그는 다시 가부좌의 자세를 틀고 앉아 운공조식을 시작했다.

요즘 그가 가장 중점을 두고 있는 것은 자신에게 걸린 최면을 푸는 것이다.

한때 최면술에 심취한 적이 있는 그는 그것을 푸는 방법을 잘 알고 있었다.

최면술이란 말 그대로 잠이 들게 하는 수법이다. 그 상태에서 명령을 하여 필요로 하는 정보를 실토하게 만들거나 어떤 행동을 유도하게 한다.

최면이 깨어난 이후에 시술자가 원하는 특이한 행동을 하게 만들려면 최면 상태에서 미리 최면을 걸어두어야 한다. 그것을 후최면작술(後催眠作術)이라고 한다.

단운비의 판단으로는 자신과 이곳에 있는 다른 사람들은 후최면작술에 의해서 살인 명령을 받은 것이 분명하다.

즉, 평상시에는 아무렇지도 않다가 사람을 마주치기만 하면 살심이 발동하는 것이다.

단운비는 최면술에 심취했을 때 자신의 거처인 신룡문 비룡각의 하녀들과 수하들에게 돌아가면서 최면을 건 적이 있었다.

하지만 후최면작술은 시도하지 못했었다. 그것을 하려면 내공이 필요하기 때문이다.

그러므로 물론 후최면작술을 푸는 데에도 내공이 필요한 것은 당연지사.

그동안은 내력으로 후최면작술을 풀려고 애를 썼으나 이제는 비록 미미하나마 내공이 생겼으므로 좋은 성취를 기대하고 있었다.

다시 보름이 흘렀다.

단운비는 지난 두 달여처럼 동굴 속에서 뇌정심법과 대라십팔산수에만 매두몰신하면서 지냈다.

그동안 귀별금보는 네 마리, 뿔개구리는 다섯 마리를 더 먹었다. 물론 다른 자라와 물고기도 많이 먹었다.

수중 동굴에는 아무런 변화가 없다. 그는 며칠에 한 번씩 먹이 사냥을 나가는 것 외에는 수면 위로 일절 올라가지 않았으며, 이곳을 찾아든 사람도 없었다.

그가 이곳에서 뼈를 묻기로 작정을 한다면, 그가 죽을 때까지 절대 발각되지 않을 것 같았다.

내공이 생긴 지난 보름 동안 그는 후최면작술을 풀기 위해서 필사적으로 노력했다.

푸는 방법은 훤하게 알고 있으나 내공이 모자란 것이 계속 마음에 걸렸다. 하지만 손을 놓고 있을 수는 없어서 죽기 살기로 매달렸다.

얼굴도 모르는 누군가에게 조종을 당하고 있다는 것은 기분이 더러운 일이다.

하지만 그보다는 아무나 보고서 살심이 발동하여 불을 보고 달려드는 불나방처럼 공격하다가 도리어 당할 수도 있다는 사실이 더 큰일이었다.

그에게 일어나고 있는 일들이 하나에서 백까지 모든 것이 궁금한 것투성이지만, 후최면작술을 풀지 않고는 이곳에서 한 걸음도 밖으로 나갈 수가 없는 형편이다.

그런데 한 가지 난감한 문제가 발생했다. 후최면작술을 풀려고 필사적으로 노력했으나, 그것이 풀렸는지 그대로인지 확인할 방법이 없다는 사실이다.

사람을 직접 봐야만 확인할 수 있는데, 풀렸는지 아닌지 확신할 수 없는 상황에서 무턱대고 이곳을 벗어날 수는 없는 일이었다. 그랬다가는 돌이킬 수 없는 상황이 벌어질 수도 있다.

그렇다고 수면으로 눈만 내놓고 강가에 지나가는 사람을 살짝 보기만 할 수도 없는 노릇이다.

후최면작술이 풀리지 않았다면 보는 즉시 살심이 발동하여 앞뒤 가리지 않고 뛰쳐나갈 것이기 때문이다.

그런 문제가 생겼다고 해서 후최면작술을 푸는 일을 멈출 수도 없다.

그렇게 착잡한 심정을 안고 단운비의 수중 동굴 생활은 다시 기약없이 흘러갔다.

'춥지 않다.'

열흘쯤 더 지난 어느 날 밤, 잠을 청하려고 한쪽 구석에 반듯한 자세로 누운 단운비는 문득 속으로 중얼거렸다.

여태까지 자신이 처한 상황 때문에 허덕이고 골몰하느라 날씨에는 조금도 신경을 쓰지 못했다.

그런데 지금 갑자기 이곳 환경에 대한 생각이 불현듯 떠오른 것이다.

그는 항주성에서 새해를 맞이했었다. 그렇다면 지금은 춘삼월 초봄이다.

초봄이면 아직 쌀쌀한 날씨다. 그런데 아무리 땅속이라고 해도 알몸으로 있는데도 조금도 추위를 느끼지 않고 있는 것이다.

'그렇다면 이곳은 중원의 남쪽 지방일 것이다. 배를 탔으니까 남해의 어느 섬일지도 모르겠군.'

사실 그가 추위를 느끼지 않는 것은 순전히 금빛 자라 귀별금보의 백혈을 복용한 덕분이다. 추위뿐 아니라 더위도 타지 않는 신체가 되었다.

귀별금보의 효능은 그 외에도 몇 가지 더 있으나 단운비는 모르고 있었다.

그는 단지 귀별금보의 백혈을 복용하면 내공이 증진된다고만 알고 있다.

벌떡!

'공기(空氣)!'

그때 그는 상체를 벌떡 일으켜 앉으며 속으로 외쳤다.

'사면팔방이 막혔는데도 공기가 소통되고 있다!'

그렇다. 이곳은 사방과 천장, 바닥이 온통 흙과 물로 막혀 있는데도 불구하고 그가 호흡을 하는 데에는 아무런 지장이 없었다.

놀라운 일이지만, 그것은 어딘가로 외부의 공기가 스며들고 있다는 뜻이다.

공기가 없으면 질식해서 죽는다는, 지극히 당연한 이치를 그는 지금에서야 깨달았다.

그는 바짝 긴장한 표정으로 몸을 일으켜서 한쪽 끝으로 다가가 그곳에서부터 천장을 살피기 시작했다.

바닥이 단단한 흙이고 사방이 물렁물렁한 진흙인 데 비해서 천장은 길고 짧은 종유석이 마치 고드름처럼 주렁주렁 매달린 단단한 바위로 되어 있었다.

지금은 캄캄한 한밤중이지만 그에게는 천장의 구석구석이 손바닥의 손금을 들여다보듯이 환하게 보였다.

천천히 꼼꼼하게 천장을 살피던 그는 무슨 생각에선지 스르르 눈을 감았다.

그리고는 얼굴을 천장으로 향한 채 여태까지보다 더욱 느리게 걸음을 옮겼다.

눈으로 숨구멍을 찾는 것보다 느낌으로 찾는 편이 나을 것이라고 생각한 것이다.

동굴 끝까지 이르면 옆으로 반걸음 옮긴 후에 다시 반대편 끝까지 얼굴을 들고 예의 느릿한 걸음으로 걸어갔다가 돌아오기를 계속 반복했다.

약 반 시진에 걸쳐서 천장을 샅샅이 조사했으나 바늘구멍조차 발견하지 못했다.

이곳의 공기와 다른 외부 공기가 유입되는 것을 그가 느끼지 못할 리가 없다.

그는 쉬지 않고 이번에는 엉금엉금 기면서 바닥에 얼굴을 바짝 가까이 대고 조사했다.

그렇게 조사를 시작한 지 두 시진이 지났을 때 그는 마침내 이곳의 공기하고는 다른 공기를 감지하는 데 성공했다.

그곳은 강으로 통하는 작은 연못이 있는 반대방향의 바닥에서 반 자쯤 떨어진 진흙 벽이었다.

육안으로는 확인이 되지 않는 곳에 뺨을 가까이 갖다 대자 미약하기는 하지만 분명히 이곳하고는 다른 공기가 새어들어오는 것이 느껴졌다.

그는 진흙 벽 앞에 단정하게 무릎을 꿇고 앉아서 두 손으로 파기 시작했다.

축축하고 질퍽한 진흙이라서 별로 힘을 주지 않는데도 일각 동안 반 장이나 파 들어갔다.

그러나 그는 자신의 키 정도 깊숙이 파 들어갔을 때 파는 것을 중지해야만 했다.

겨우 몸 하나 들어갈 수 있을 정도 크기로 몸을 쭉 편 채 엎드려서 파고 있는데, 워낙 물기가 많은 진흙이라 여기저기에서 마구 무너지기 시작한 것이다.

계속 파 들어가다가는 매몰되기 십상이라서 포기하고 다

시 원래의 위치로 나왔다.

온몸이 진흙투성이가 된 그가 구멍에서 빠져나오자 구멍의 위쪽 여기저기에서 진흙이 꿀처럼 주룩주룩 흘러내리더니 잠시 후에는 구멍이 완전히 메워져 버렸다.

약간 허망한 기분이 된 그는 잠시 그대로 멍하니 앉아 있다가 퍼뜩 생각나는 것이 있어서 방금 자신이 뚫은, 그러나 흔적조차 제대로 찾을 수 없을 정도로 메워져 버린 곳에 뺨을 가까이 가져갔다.

하지만 아까 느꼈던 이곳과 다른 종류의 공기는 조금도 느껴지지 않았다.

조금 전에 구멍이 메워지면서 공기구멍도 완전히 차단돼 버린 듯했다.

잠시 동안 그 자리에 물끄러미 앉아 있던 그는 잠을 청하기 위해서 늘 잠자리로 삼고 있는 자리로 가려고 몸을 돌렸다.

"……!"

아니, 몸을 돌리려다 말고 동작을 뚝 멈추었다.

그의 시선이 멈춘 곳은 진흙 벽인데, 조금 전에 그가 구멍을 팠던 곳에서 왼쪽으로 반 장쯤 떨어진 곳이다.

그곳의 진흙 벽이 꿈틀꿈틀 미미하게 움직이고 있었다.

툭!

그러더니 진흙 속에서 새빨간 뿔 두 개가 튀어나왔고, 곧이어 뿔개구리 한 마리가 바닥으로 떨어졌다.

단운비가 손을 뻗자 뿔개구리는 도망가지 않고 오히려 입을 벌리고 새빨간 혈무를 뿜어냈다.

쉬익! 쉭!

단운비는 개의치 않고 뿔개구리를 덥석 잡아 바닥에 힘껏 패대기쳤다.

퍽!

뿔개구리가 사지를 뻗는 것을 내버려 두고 그는 방금 뿔개구리가 나온 진흙 벽의 구멍에 뺨에 갖다 댔다.

'공기다!'

과연 그곳에서 외부의 공기가 스며들어 오는 것이 느껴졌다.

그런데 아까 단운비가 진흙 벽을 뚫었을 때는 금세 무너졌었는데 뿔개구리가 뚫고 나온 구멍은 그대로 남아 있었다. 아마도 구멍이 작기 때문일 것이다.

'그렇다면 뿔개구리가 뚫은 구멍 덕분에……'

그제야 그는 이 동굴 안에서 자신이 질식하지 않고 살아 있는 이유를 깨달았다. 뿔개구리들이 드나들면서 뚫어놓은 구멍 덕분이었다.

第十七章
소녀(少女)

단운비는 오른 손목을 안으로 잔뜩 굽혔다가 빠르게 바깥쪽으로 튕겨냈다.

순간 핏빛 가느다란 선, 즉 혈선(血線) 한 줄기가 직선으로 곧장 그어져 나갔다가 맞은편 진흙 벽에서 멈추었다.

진흙 벽에는 사람이 서 있는 크기의 외형과 신체 각 부위에 새끼손톱 크기의 작은 동그라미 수십 개가 빼곡하게 그려져 있었다.

그리고 방금 쏘아간 혈선은 그중 어깨 안쪽의 동그라미에 적중되었다.

단운비는 왼손에 모아서 쥐고 있는 혈와각 중에서 하나를 오른손으로 잡아 손 안에 쥐었다.

그리고는 손목을 안으로 잔뜩 구부린 채 오 장 거리의 맞은편 진흙 벽에 그려진 사람 모양의 미간을 주시했다.

안으로 굽혔던 그의 오른 손목이 한순간 펼쳐지면서 예의 한 줄기 일직선의 혈선이 곧장 쏘아 나갔다.

혈선은 그가 쏘아보고 있던 사람 모양의 미간에 정확하게 적중되었다.

그런데 아무런 소리도 나지 않았다. 굽혔던 손목을 떨쳐 내는 소리도, 혈와각이 쏘아 날아가는 소리도, 진흙 벽에 적중되는 소리도 일체 나지 않았다.

어떤 물체라도 허공을 가를 때에는 파공음이 나고, 목표물에 적중될 때에는 격타음이 나게 마련이다.

그런데 혈와각은 극히 미미한 소리조차 내지 않았다.

이십 일 전, 단운비는 무심코 혈와각을 맞은편 진흙 벽으로 던졌다가 소리가 나지 않는다는 사실을 발견했다.

그래서 그는 모아둔 혈와각들을 암기로 사용하면 어떨까 하고 몇 차례 시험을 해보았었다.

결과는 대만족이었다. 그는 그때부터 진흙 벽에 사람 형상과 혈도를 그려놓고 혈와각 던지는 맹연습을 시작했으며, 그로부터 오늘까지 이십 일이 지났다.

처음 며칠은 팔을 휘둘러서 혈와각을 던졌으나 소리가 났기 때문에 손목만을 굽혔다가 떨치는 것으로 바꾸었다.

이따금 뇌정심법을 운공조식하는 것 말고는 대라십팔산수도 제쳐 두고 혈와각 암기 수련만 쉬지 않고 계속했다.

그 결과 이십 일이 지난 지금은 백발백중의 실력을 지니게 되었다.

적수공권만으로는 마음이 불안했었는데 혈와각 덕분에 조금 마음을 놓을 수 있게 되었다.

고정되어 있는 진흙 벽을 맞히는 것과 빠르게 움직이는 사람을 맞히는 것에는 큰 차이가 있다.

하지만 지금으로선 어쩔 수가 없는 상황이다. 이것이라도 부지런히 연습해 두면 후일 반드시 보탬이 될 것이다.

혈와각은 오십 개나 되어 수량도 충분하다.

단운비는 혈와각 던지는 수법에 혈각비(血角飛)라는 이름을 붙였다. 핏빛 뿔이 허공을 가르면서 날아간다는 단순한 뜻이다.

그는 수중의 혈와각을 모두 던진 후 맞은편으로 걸어갔다.

이어서 사람 형상의 전신에 빼곡하게 그려진 수십 개의 원 안에 꽂힌 혈와각들을 차례로 뽑았다.

혈와각들이 진흙 벽 속에 파묻혀서 보이지 않았으나 그는 한차례의 실수도 없이 오십 개를 모두 찾아냈다. 어디에 몇 개가 꽂혔는지 다 기억하고 있기 때문이다.

그는 오늘만 이미 혈와각 오십 개를 던지는 혈각비 수련을 백여 번 이상 했다.

이제 고정된 표적을 맞히는 것은 웬만큼 자신이 생겼으므로 앞으로는 실력이 퇴보하지 않도록 매일 일정하게 수련을 해주는 것이 필요하다.

그는 혈와각을 한쪽으로 치워놓고 운공조식을 하기 위해서 바닥에 앉아 차분하게 마음을 가라앉혔다.

그런데 단전에서 내공을 끌어올리려는 순간에 불현듯 바깥 상황이 궁금해졌다.

이곳에 있는 그로서는 바깥이 어떻게 돌아가고 있는지 알 수 있는 방법이 추호도 없다.

'이곳이 섬이라면 도대체 후최면작술에 걸린 사람이 몇 명이나 있는 것일까?'

그가 본 사람은 모두 세 명이었다. 처음에 그가 깨어났을 때 뒤에서 다짜고짜 몽둥이로 때렸던 자는 독사를 집어 던져서 죽게 만들었다.

그리고 두 번째는 강에서 수면으로 떠올랐을 때 강변에서 쫓고 쫓기는 두 명을 봤다. 그중 한 명은 추격하는 자가 던진 창에 찔려서 죽었다.

단운비는 이 섬에 최소한 수십 명이 있을 것이라고 나름대로 추측했다. 납치자가 한두 명을 잡아오지는 않았을 것이라고 생각했기 때문이다.

이곳에 온 지 오늘로 석 달 보름째다. 그동안 그들 수십 명이 서로 죽이면서 몇 명이나 남았는지 모를 일이다.

단운비는 이곳에서 나가고 싶은 유혹과 하루에도 몇 번이나 치열하게 싸워야만 했다.

그러나 그는 초인적인 인내력으로 유혹을 이기면서 지금까지 잘 견뎌왔다.

그를 인내하게 만드는 원동력은 자신을 납치한 정체 모를 두 인물에 대한 분노다.

순간의 유혹을 이기지 못하고 밖으로 나갔다가 죽임을 당하게 된다면, 두 명의 괴인물이 누군지도 모른 채 죽어서도 눈을 감지 못하고 영혼이 구천을 떠돌 것이라는 생각이 들었다.

죽음이 두려운 것이 아니라 아무것도 모른 채, 아무것도 하지 못한 채, 복수는 꿈조차 꾸어보지 못하고 죽는 것이 억울한 것이다.

'지금은 참자.'

그는 어금니를 지그시 악물고 속으로 강하게 중얼거렸다.

그때 문득 누군가의 말이 그의 뇌리를 스쳤다.

"몰아칠 때는 바람처럼 빠르게 하십시오."

석 달 보름 전, 단운비가 항주성에서 혈랑파 두령 시랑과 생사의 대결을 벌이기 직전에 청산이 했던 말이다.

'몰아칠 때는 바람처럼 빠르게……'

단운비는 그 말이 손자의 병법에 나오는 구절이라는 것을
잘 알고 있다.

—빠르기가 바람과 같다[其疾如風].

그것은 군대가 적을 공격할 때를 말함이다. 바람처럼 빠르
게 움직여서 적의 허점을 일격에 요절내는 것이다.

시랑과 싸울 때 단운비는 청산의 그 말대로 바람처럼 빠르
게 몰아쳐서 끝내 시랑의 가슴에 주먹을 쑤셔 박았었다.

그것은 바람, 즉 풍(風)이다.

'그렇다면 지금은 침묵하고 있을 때다.'

—고요하기는 숲과 같다[其徐如林].

바람처럼 몰아칠 때가 아니라면, 그리고 실력을 갖추지 못
했다면 숲처럼 고요하게 침묵하면서 힘을 기르는 것이다.

그것이 숲, 즉 림(林)이다.

바람과 숲, 풍과 림.

단운비는 자신의 실력이 '이 정도면 됐다'라고 스스로 인
정할 때까지, 그리고 후최면작술을 풀었다는 판단이 설 때까
지 이곳에서 나가지 않을 생각이다.

미풍조차 불지 않는 가라앉은 숲처럼 그리 고요하게 있을
것이다.

그날 밤.

사각, 삭.

아주 미약한 소리에 단운비는 잠에서 깨어 눈을 떴다.

하지만 반듯한 자세로 누운 채 꼼짝도 하지 않았다.

스삭, 사삭.

소리는 그가 누워 있는 곳의 맞은편 진흙 벽 속에서 들려오고 있었다.

뿔개구리는 진흙 벽을 뚫어도 소리를 내지 않는다. 그리고 지금 들려오는 소리는 이곳에서 한 번도 들어본 적이 없는 것이다.

무엇인가 진흙 벽 속을 뚫고 있으며, 소리가 점점 가까워지는 것으로 미루어 이곳을 향해 오고 있는 것이 분명했다.

그리고 소리로 미루어 뿔개구리 따위가 아니라 그보다 훨씬 큰 물체인 듯했다.

단운비는 바짝 긴장했다. 하지만 당황하지는 않았다. 이상하리만치 마음이 차분해졌다.

그는 손을 뻗어 가까운 곳에 있는 혈와각 세 개를 기척없이 집어서 그중 하나를 오른손 안에 쥐고는 느릿하게 일어나서 그 자리에 우뚝 섰다.

곧 나타날 물체가 무엇이든 혈각비를 발휘하여 혈와각을 머리에 꽂을 생각이었다.

그는 눈도 깜빡이지 않은 채 소리가 나고 있는 진흙 벽을 뚫어지게 주시했다.

지금은 연못에서 한 움큼의 빛조차 스며들지 않는 캄캄한 한밤중이다.

투둑…….

마침내 진흙덩이 몇 개가 작은 소리를 내면서 바닥으로 떨어지며 하나의 구멍이 뚫리는 것을 단운비는 똑똑하게 지켜보고 있었다.

그리고 마침내 구멍이 훨씬 더 커지면서 하나의 물체가 나타났다.

그 물체를 발견한 순간 단운비의 눈이 커졌다.

구멍에서 진흙투성이가 되어 기어나와서 바닥에 조심스럽게 내려서며 주위를 두리번거리고 있는 것은 틀림없는 사람이다.

키가 단운비보다 훨씬 작고 체구가 왜소하며 가슴이 불룩한 것으로 미루어 여자인 듯했다.

그 순간 단운비는 한 가지 놀라운 사실을 깨달았다.

사람을 보고서도 죽이고 싶다는 살심이 추호도 느껴지지 않고 있다.

'후최면작술을 풀었다!'

그는 기쁨에 찬 외침을 터뜨렸다.

자신의 의지가 아닌, 타인이 멋대로 제압한 정신을 마침내 스스로의 힘으로 풀어낸 것이다.

이제는 더 이상 생면부지의 사람을 마주치게 되더라도 이유도 없이 살심을 품지 않게 되리라.

하지만 지금은 저 낯선 자를 상대해야 할 순간이다. 그는 후최면작술을 풀었다고 해도 낯선 자는 그렇지 않을 것이기 때문이다.

그는 혈와각을 쥔 오른 손목을 안으로 잔뜩 굽혀 쏘아낼 준비를 하며 침입자를 쏘아보았다.

그런데 침입자는 행동이 부자연스러워 보였다. 허리를 약간 굽힌 구부정한 자세이며, 걸음을 옮기는 데 다리를 심하게 절룩거렸다.

또한 두 손을 앞과 좌우로 뻗어 더듬거리고 있었다. 그로 미루어 침입자는 캄캄한 암흑 속에서 사물을 제대로 보지 못하는 듯했다.

거기까지 관찰을 한 단운비는 혈각비를 전개하려던 것을 잠시 미루었다.

침입자는 부상을 당한 듯했으며 어둠 때문에 애를 먹고 있는 중이다.

그러므로 조금 더 지켜본다고 해도 나쁘지 않을 것이라는 생각이 들었다.

언제든지 혈각비를 전개할 수 있으니까 여차하면 죽이거나 제압해 버리면 된다.

침입자는 아주 천천히 걸음을 옮겨 동굴의 중앙 쪽으로 이동해 오고 있다.

그런데 처음에 봤을 때보다 더 심하게 절룩거렸으며, 허리

를 잔뜩 굽히고 있는데 금방이라도 쓰러질 듯이 비틀거리는
상태였다.

그때 단운비는 두 가지를 새로 발견했다. 침입자가 왼손으
로 배를 감싸 안는 것과, 오른손에 한 자 길이의 매우 흰색의
단검을 쥐고 있다는 사실이다.

그 상태에서 침입자는 이 장 정도 다가왔다. 이 장을 오는
데 열 호흡 이상이나 걸렸다.

단운비와의 거리는 삼 장이 남았다. 그런데도 침입자는 아
직도 단운비를 발견하지 못했다.

"아……."

문득 침입자가 나직한 소리를 흘려냈다. 고통이 진득하게
배어 있는 신음 소리인데 목소리만으로는 가냘픈 소녀인 것
같았다.

침입자는 왼손으로 복부를 움켜잡은 채 구부정한 자세로
그 자리에 서서 고통스러운 몸짓을 하면서도 조심스럽게 주
위를 두리번거렸다.

한쪽 구석에 꼼짝하지 않고 서 있는 단운비를 아직도 발견
하지 못한 듯하다.

그때 침입자는 이곳에 아무도 없다고 판단했는지 그 자리
에서 스르르 무너지듯 주저앉았다.

털썩!

"악!"

주저앉는 순간에 충격을 받은 듯 침입자는 뾰족한 비명을
지르면서 뒤로 벌렁 쓰러졌다.

"하아, 하아아……!"

벌어진 입에서 거친 호흡이 터져 나오고 가슴은 격렬하게
들썩였다.

왼손은 복부를 감쌀 기력조차 없는지 스르르 흘러내렸다.

그리고는 기다렸다는 듯이 아랫배에서 쿨럭쿨럭 핏물이
샘물처럼 쏟아져 나왔다.

두 팔을 양쪽으로 늘어뜨리고 있으며, 오른손에는 단검이,
왼손은 피가 범벅이 된 상태다.

침입자, 아니, 이제 십육 세가 된 어린 소녀는 손가락조차
움직이지 못할 정도로 탈진한 상태였다.

아랫배를 검에 깊숙이 찔렸으며 허벅지 뒤쪽 둔부 바로 아
래를 세로로 길게 베었다.

겨우 지혈을 해두었는데 귀식대법(龜息大法)을 발휘하여
이각 동안 호흡을 참은 채 무리하게 진흙 벽을 십여 장이나
파고 오느라 상처가 터져 버렸으며 몸에는 단 한 움큼의 기력
도 남지 않게 되었다.

기적이 일어나지 않는 한 소녀는 자신이 이 상태로 죽게 될
것이라고 생각했다.

그리고 기적 같은 것은 자신에게 절대로 일어날 리가 없다
는 생각도 했다.

기적이라는 것이 실제로 존재하는 것이라면, 그녀가 이런 지옥 같은 곳에서 이처럼 허무하게, 그리고 처절하게 죽어가고 있을 리가 없었다.

그녀는 몇 달 전까지만 해도 부모의 사랑을 한 몸에 받으면서 더할 수 없이 행복한 생활을 하고 있었다.

그녀가 할 수 있는 것이라곤 부친에게 배운 약간의 무공과 부모에게 애교와 어리광을 부리면서 귀여움을 독차지하는 것이 전부였다.

그랬던 그녀가 한순간에 누군지도 모르는 자에게 납치되어 이곳에 버려졌다.

선녀가 천당에서 지옥으로 떨어진 것이다.

소녀는 갑자기 부들부들 떨리는 손을 들어 올렸다. 허공에 자상하게 미소 짓는 어머니의 모습이 떠 있기 때문이다.

죽어가고 있는 그녀의 흐릿한 눈에 비친 어머니의 모습은 왜 저리도 생생하단 말인가.

그때 어머니의 모습이 변하기 시작했다. 아니, 언제 변했는지 모를 정도로 빠르게 어머니의 모습이 사라지고 그 자리에 낯선 사람의 얼굴이 새롭게 나타났다.

긴 머리카락을 풀어헤친 장발에 입 주위와 턱에 수염이 덥수룩한 사내의 모습이다.

소녀는 방금 전에 본 어머니 모습이 환상이듯이 사내의 모습 또한 환상일 것이라고 생각했다.

그런데 소녀가 갑자기 눈을 심하게 깜빡였다. 그러더니 빠르게 두 눈이 붉게 충혈되기 시작했다.

"크으으……."

입에서는 맹수의 으르렁거리는 소리가 흘러나왔고, 두 팔은 사내를 향해서 바들바들 떨리며 뻗어졌다.

두 눈에서 이글거리는 것은 흉흉한 살기. 한 움큼의 기력조차 남아 있지 않은 상태에서도 마치 강시인 양 뻣뻣하게 상체를 일으켜 앉았다.

그리고는 사내를 향해 오른손의 검을 들어 올렸다.

지금 소녀로 하여금 낯선 사람을 죽이도록 명령하고 있는 것은 후최면적살술이다.

얼마나 지독한 수법이면 죽어가고 있는 상황에서도 상대를 죽이려고 하겠는가.

서 있는 사내 단운비는 허리를 굽히면서 오른손을 뻗어 침입자의 목을 움켜잡고 왼쪽 무릎으로는 검을 쥐고 있는 침입자의 오른팔을 찍어 눌렀다.

"끅!"

침입자가 답답한 신음을 토해내면서 다시 벌렁 누웠다.

단운비는 침입자의 목을 움켜잡은 채 힘을 주면서 천천히 바닥에 앉았다.

그리고 침입자는 바닥에 누운 채 안쓰럽게 팔다리를 버둥거렸다.

　침입자는 자신의 목을 조르고 있는 단운비의 팔을 두 손으로 붙잡고 떼어내려고 애썼다.

　침입자의 두 팔을 합쳐 봐야 단운비의 팔 하나보다 가늘 정도로 연약했다.

　손톱으로 단운비의 굵은 팔을 할퀴고 긁어서 피가 흘렀으나 그의 팔은 꿈쩍도 하지 않았다.

　오히려 팔에 더욱 힘을 가하면서 목 뒤쪽까지 완전히 거머잡았다.

　침입자의 목이 가는 것인지 단운비의 손이 큰 것인지 목은 한 손에 다 쥐어졌다.

　"끄으으……."

　침입자의 입에서 고통스러운 신음이 새어나왔다. 그리고는 온몸을 부들부들 격렬하게 떨기 시작하면서 단운비의 팔을 잡았던 두 손이 힘없이 아래로 처졌다.

　단운비는 핏발이 곤두선 눈을 부릅뜬 채 침입자를 무섭게 쏘아보면서 목뼈를 부러뜨릴 듯이 더욱 힘을 주었다.

　그는 마치 연약한 새 한 마리를 손 안에 쥐고 부서뜨리는 듯한 느낌을 받았다.

　침입자의 떨림이 점차 잦아들었고, 온몸에서 힘이 빠져나가는 것이 생생하게 느껴졌다.

　그리고 진흙 범벅인 얼굴에서 유일하게 반짝이는 두 눈에서 동공이 사라지고 온통 흰자위만 보였다.

그때 침입자가 무척이나 힘겹게 입술을 달싹였다.

"끄으… 으… 고… 마… 워… 요……."

"……!"

순간 단운비는 침입자의 목을 조르는 손에서 자신도 모르게 힘을 뺐다. 그리고 그의 얼굴에 어이없다는 표정이 흐릿하게 떠올랐다.

목숨을 빼앗고 있는데 고맙다니…….

그러나 분명하지는 않지만 단운비는 그 말뜻을 아련하게나마 알 것 같기도 했다.

그의 손에서 힘이 풀리자 침입자의 두 눈에 검은 동공이 다시 나타났다.

그러나 그 두 눈에는 한없는 간절함이 가득 담겨 있었다.

그리고 침입자는 자유로운 왼손을 들어 자신의 목을 조르고 있는 단운비의 팔을 잡고 자신 쪽으로 미미한 힘을 보태면서 더듬거렸다.

"어… 서… 죽… 여… 줘… 요……."

쿵!

단운비는 쇠망치로 뒷머리를 거세게 얻어맞은 듯한 충격을 받았다.

그 순간 그는 한꺼번에 두 가지 사실을 깨달았다.

침입자의 후최면작술이 풀렸다는 것.

죽어서라도 끔찍한 현실을 벗어나려고 한다는 자신의 짐

작이 맞았다는 것.

단운비의 눈동자가 미미하게 떨렸다.

그리고는 그의 손에서 스르르 완전히 힘이 풀렸고, 결국 그는 침입자, 아니, 소녀의 목에서 손을 뗐다.

지금까지 그는 후최면작술을 풀려면 자신이 알고 있는 방법에 따라서 운공조식을 하는 것과, 시술자가 직접 풀어주는 것, 그리고 죽는 방법뿐이라고 생각했다.

그런데 다른 방법이 하나 더 있었다. '죽기 직전까지 가는 방법' 이 바로 그것이다.

지금 소녀는 후최면작술이 풀린 것이 분명했다. 그것은 죽음과 거의 동일한 고통이 가해지면 후최면작술이 풀린다는 사실을 입증하는 것이다.

"어째서……."

진흙 때문에 얼굴을 조금도 알아볼 수 없는 소녀는 유난히 커다란 두 눈에 의혹과 눈물을 가득 담은 채 말끄러미 단운비를 바라보며 입술을 달싹거렸다.

단운비로서는 자신의 비밀스러운 공간을 쳐들어온 침입자를 죽여야 마땅하다.

그렇지만 그는 후최면작술이 풀린 연약한 소녀를 죽일 정도로 잔인한 심성을 갖고 있지 않았다.

단운비는 소녀에게서 완전히 손을 떼고 뒤로 물러나 책상다리를 하고 앉아 그녀를 물끄러미 바라보았다.

소녀는 일어나려고 노력했으나 단지 상체를 꿈틀거리는 정도에 그쳤다.

"일어나지 마시오."

단운비는 조용히 입을 열었다.

소녀의 두 눈이 약간 커졌다. 단운비의 목소리가 너무도 그윽하고 듣기 좋았기 때문이다.

또한 그녀는 그의 목소리가 매우 젊으면서도 선량하다는 것을 느꼈다.

하지만 그녀는 단운비를 볼 수가 없다. 평소 같았으면 암흑 속이라고 해도 이 정도 가까운 거리의 사물을 또렷하게 볼 수 있을 정도의 내공을 지니고 있지만, 기력이 극도로 쇠잔한 지금은 코끝조차 보이지 않았다.

"당… 신은……."

소녀는 무엇인가를 말하려고 했으나 말을 잇지 못하고 스르르 정신을 잃기 시작했다.

"낭자는 누구시오?"

하지만 단운비는 알아차리지 못하고 조용한 어조로 물었다.

잠시 기다려도 소녀에게서 아무런 반응이 없자 단운비는 이상한 생각이 들어 그녀에게 가까이 다가들었다.

이어서 손을 뻗어 코끝에 대보았다.

'이런…….'

숨결이 거의 느껴지지 않았다.

이어서 그녀의 가슴에 뺨을 붙이고 귀를 기울였다.

그녀가 갑자기 공격을 할지도 모른다는 염려와, 자신이 낯선 소녀의 젖가슴에 뺨을 밀착시켰다는 사실 같은 것은 이 순간 조금도 깨닫지 못했다.

소녀의 심장이 매우 미약하게 뛰고 있는 것이 어렴풋이 느껴졌다.

'죽어가고 있다.'

소녀는 단운비가 혈각비를 전개하거나 목을 조르지 않았어도 죽어가고 있었던 것이다.

단운비는 난감한 표정을 지었다. 예전에 그가 읽었던 수만 권의 서책 중에는 의서(醫書)가 많이 포함되어 있었고, 또 그 내용들을 생생하게 기억하고 있으나, 한 번도 실제로 사용해 본 적이 없었다.

하지만 그는 소녀가 죽어가는 것을 이대로 지켜보고 있을 수만은 없다고 생각했다.

굳이 이유를 대라면, '눈앞에서 한 생명이 꺼져 가고 있기 때문' 이라고 원론적인 대답을 할 수밖에 없다.

물론 그 생명이 후최면작술이 풀렸다는 단서가 붙는다.

또한 그 대상이 남자든 여자든 남녀노소를 가리지는 않는다. 그는 어려서부터 어느 누구의 생명이라도 존엄하다는 것과, 사람이 위급한 상황에 처하면 반드시 도와야 한다고 배웠다.

급할수록 침착해야 한다는 사실을 잘 알고 있는 그는 천천히, 그러나 예리한 시선으로 소녀의 얼굴에서부터 훑으며 내려왔다.

그러다가 진흙에 뒤덮인 아랫배에서 뭉클뭉클 피가 흘러나오는 것을 발견하고는 안색이 크게 변했다.

'큰 상처를 입었군. 속히 지혈을 해야 한다!'

제일 먼저 그 생각이 떠올랐고, 그다음에는 마치 기다리고 있었다는 듯이 지혈을 하는 방법이 일목요연하게 머릿속에 떠올랐다.

그러나 소녀의 아랫배가 진흙투성이라서 지혈할 혈도를 찾기가 어려웠고, 진흙이 상처로 들어갈까 봐 염려가 됐다.

그는 즉시 소녀를 조심스럽게 안아 들고 연못가로 이동하여 눕혔다.

이어서 두 손을 모아 물을 떠서 상처 부위와 주위의 진흙을 깨끗이 씻어냈다.

이후 의서에서 읽은 지혈법에 따라 상처 주변의 네 군데 혈도를 조심스럽게 누르고 나서 결과를 지켜보았다.

다행히 상처에서 더 이상 피가 흘러나오지 않자 그는 안도의 표정을 지으면서 소녀의 가슴에 다시 귀를 대보았다.

하지만 심장 박동 소리는 조금 전보다 더 희미해진 상태다.

손목을 잡고 진맥을 해보았으나 그 역시 마찬가지라서 그는 암담한 표정으로 소녀의 얼굴을 보며 어떻게 하면 좋을지 골똘히 생각에 잠겨들었다.

소녀는 복부 부위만 눈부시게 희고 깨끗할 뿐 얼굴은 아직도 진흙투성이라서 용모를 전혀 알아볼 수가 없다.

'그렇지!'

그때 단운비는 좋은 생각이 번쩍 떠올랐다. 금빛 자라인 귀별금보의 피를 소녀에게 먹이는 것이다.

하지만 이 밤중에 강에 나가서 귀별금보를 잡는다는 것도 어려운 일이지만, 그러는 사이에 시간이 지체되어 소녀의 숨이 끊어질 수도 있다.

생각은 생각을 잇게 한다. 귀별금보의 피를 떠올린 그는 차선책을 생각해 냈다.

즉, 귀별금보의 피를 많이 마신 자신의 피를 소녀에게 마시게 하는 방법이다.

단운비는 즉시 소녀의 오른손에 쥐어져 있는 단검을 집어 추호의 망설임도 없이 자신의 왼손 손바닥을 그었다.

슉—

주르르 피가 흐르자 그는 손가락을 모아 세우고 소녀의 입을 벌려 그 위에 갖다 댔다.

새빨간 피는 소녀의 입속으로 줄기차게 흘러들어 갔다.

단운비의 피, 아니, 귀별금보의 피는 과연 놀라운 효능을 발휘했다.

그가 피를 먹인 지 반 각이 채 지나기도 전에 소녀는 살며시 눈을 떴다.

그녀가 가장 먼저 본 것은 하나의 손이 자신의 얼굴 위에 꼿꼿하게 세워져 있는 모습이었다.

그리고 그다음에 손가락 끝에서 핏물이 자신의 입속으로 뚝뚝 떨어지는 것을 발견하고 크게 놀랐다.

그러나 본디 총명한 그녀는 자신이 지금 보고 있는 광경이 무엇을 뜻하는 것인지 즉시 깨달았다.

천천히 눈동자를 돌려 자신에게 피를 먹여주고 있는 사람의 얼굴을 바라보았다.

아까는 보이지 않았는데 지금은 한 사내의 모습이 선명하지는 않지만 흐릿하게나마 보였다.

그의 표정이 너무도 진지하고 정성스러워서 그녀는 울컥하는 감동이 치밀었다.

무슨 말인가 하려고 했는데, 그녀는 그만 다시 혼절의 늪 속으로 깊이 빠져들고 말았다.

第十八章
동거(同居)

풍림화산

단운비가 운공조식을 하고 있을 때 소녀가 다시 깨어났다. 혼절을 하고 나서 네 시진이 지난 후다.

그녀는 연못가에 반듯한 자세로 눕혀져 있었고, 불과 반 장 거리에서 단운비가 가부좌의 자세로 단정하게 앉아 운공조식을 하고 있었다.

소녀가 눈을 뜬 직후 가장 먼저 발견한 것은 단운비다.

혼절하기 전하고는 달리 주변이 부옇게 밝아서 그다지 어렵지 않게 사물을 구별할 수가 있었다.

지금은 정오 무렵이므로 하루 중에 가장 밝을 때라서 동굴의 연못으로 부윰한 빛이 흘러들고 있었다.

소녀는 단운비가 손가락에서 피를 흘려 자신의 입속으로 떨어뜨리던 흐릿한 기억을 떠올렸다.

그녀의 시선이 단운비의 손으로 향했다. 그리고 그녀는 그의 손이 온통 피범벅인 것을 발견했다.

순간 뭐라고 형언할 수 없는 감동이 그녀의 온 정신과 가슴, 온몸으로 밀물처럼 엄습했다.

'꿈이 아니었어.'

그때는 그것이 꿈일지도 모른다고, 아니, 꿈일 것이라고 여겼다.

가물가물한 의식 속에서도 그런 일이 현실에서 일어날 리가 없다고 생각했다. 그런데 현실이었다.

무림의 명문가에서 곱게만 자라서 고생이라곤 모르던 십육 세의 그녀는 밤에 자신의 방 침상에서 잠을 자다가 졸지에 납치를 당했다.

자신의 침상일 것이라고 철석같이 믿으면서 잠에서 깨어난 그녀 앞에 펼쳐진 현실은 충격과 절망이라는 말로는 이루다 설명할 수조차 없었다.

그녀를 발견한 사람들마다 죽이려고 악귀처럼 덤벼들었으며, 어찌 된 일인지 그녀 역시 보는 사람마다 죽이려고 하루살이처럼 덤벼들었다.

칼에 찔리고 베이면서 절벽에서 떨어지고 늪에 빠지며, 흡사 한 마리 구차한 벌레처럼 구사일생으로 목숨을 건진 것이 몇 번인지도 모른다.

자신에겐 기적이 일어나지 않을 것이라고 생각했으나, 사실은 그녀가 지금까지 살아 있는 것 자체가 기적이었다.

손가락조차 베어본 적이 없는 그녀가 무수한 상처를 입었으며, 상처를 치료할 새도 없이 또 상처를 입기를 끝없이 반복했다.

그녀가 이 섬에서 가장 무서워하는 것은 독물도 아니고 지독한 환경적인 조건도 아니었다.

바로 사람이다.

그녀는 사람이 그토록 무서운 존재라는 것을 이곳에서 처음, 그리고 수없이 깨달았다.

자신에게 닥친 이 모든 상황들이 죽어도 이해가 되지 않는 일이었다.

하지만 그중에서도 어떻게 된 상황인지 그녀 자신이든 다른 사람들이든 서로 보기만 하면 죽이려고 드는 상황을 가장 이해할 수가 없었다.

그녀는 이렇게 비참하게 목숨을 연명할 바에야 차라리 스스로 목숨을 끊는 편이 훨씬 나을 것이라고 수백 번도 더 생각했고 실제로 자살을 시도한 적도 몇 차례 있었다.

어쨌든 그녀는 끝끝내 죽지 않았으며, 고진감래(苦盡甘來)인가. 그 덕에 정말로 사람다운 사람을 이곳 땅속에서 만나게 되었다.

소녀는 오랫동안 단운비의 얼굴에서 시선을 떼지 못했다.

단운비는 장발을 하고 수염이 덥수룩한 모습이지만, 허여 멀끔하고 정말 준수한 용모를 지녔다.

그리고 그에게서는 이 섬의 다른 사람들에게서 느껴지던 그 모든 추악한 것들이 조금도 느껴지지 않았다.

그러나 소녀에게 단운비의 용모 같은 것은 그다지 중요하지 않았다.

정말 중요한 것은, 그가 자신의 목숨을 구해주었다는 사실과, 이곳에서 최초로 만난 사람다운 사람이라는 사실이다.

누군가 그녀를 보고서도 죽이려고 하지 않은 사람은 단운비가 처음이었다.

물론 그도 처음에는 소녀를 죽이려고 했으나 결과적으로는 죽이지 않았을 뿐 아니라 자신의 피를 먹여가면서까지 목숨을 구해주었다.

'아! 그런데 나도…….'

그때 소녀는 해연히 깨닫는 바가 있었다. 자신이 단운비를 보고서도 죽이려고 덤벼들지 않는다는 사실이다.

그녀는 진흙 벽을 뚫고 이 동굴에 처음 와서 단운비에게 목이 졸리는 상황에서도 그를 보고 살심이 발동하여 죽이려고 발버둥을 쳤던 것을 흐릿하게 기억하고 있었다.

그런데 지금은 단운비를 보면서도 살심이 들기는커녕 한없이 고마운 마음만 들 뿐이다.

‘아아, 저분이 나를…….’

그녀는 단운비가 자신을 소생시켰을 뿐만 아니라 사람만 보면 살심이 일어나는 해괴한 병도 고쳐 주었다는 생각이 들었다.

이곳에는 단운비밖에 없으니 그렇게 생각하는 것은 당연한 일이었다.

그렇게 생각하니까 단운비라는 존재가 무엇이라고 설명할 수 없을 만큼 고맙고도 위대하게 여겨졌다.

원래 그녀의 가문은 불심이 깊고 그녀 또한 석가모니를 충심으로 섬겼었다.

하지만 그녀의 신은 그녀가 이 섬에서 수많은 위험에 처했을 때마다 외면했다.

그러므로 이제 그녀의 신은 석가모니가 아니라 단운비가 되었다.

‘저분이 어떤 신분, 어떤 성품이더라도 나는 죽을 때까지 저분만을 섬기고 따르겠어.’

그래서 조금도 이상하지 않을 맹세를 한동안 속으로 거듭해서 되뇌었다.

시간이 흐르자 소녀는 자신의 몸 상태가 어떤지, 그리고 이곳은 어떤 곳인지 궁금해져서 조심스럽게 상체를 일으켜 보았다.

그녀의 눈에 제일 먼저 띈 것은 진흙투성이인 자신의 몸뚱이였다.

'이런 형편없는 모습을 보셨을 테니 어쩌면 좋아.'

몇 달 동안이나 까맣게 잊고 있던 소녀다운 부끄러움이 자연스럽게 되살아났다.

단운비가 그녀를 죽이려 하는 이 섬의 어느 사내들과 같았다면 이런 여자다운 마음 따위는 추호도 일어나지 않았을 것이다.

여자란 상황과 상대에 따라서 시시각각 변화한다는 옛말이 하나도 틀리지 않다.

문득 그녀의 시선이 온몸 중에서 유난히 희고 뽀얀 자신의 배에 이르렀다.

가로로 손가락 한 마디쯤 검에 찔린 상처에서는 피가 더 이상 흐르지 않았고 주위는 깨끗했다.

그녀는 상처를 보다가 얼굴이 화끈 뜨거워졌다. 진흙투성이가 아니었으면 노을처럼 붉어진 얼굴이 드러났을 것이다.

복부의 상처는 그녀의 손으로 쟀을 때 배꼽에서 한 뼘 조금 못 되는 아래쪽이다.

달리 말하면 음부의 거뭇거뭇한 거웃이 있는 곳에서 손가락 한 마디밖에 안 되는 위쪽 부위라는 것이다.

소녀는 단운비가 상처를 치료하기 위해서 그 부위를 물로 깨끗이 씻어냈다는 사실을 짐작할 수 있었다.

소녀의 눈 속으로 상처 아래쪽 음부와 허벅지까지 깨끗한 것이 파고들었다.

상처 부위를 씻어내자면 어쩔 수 없었을 것이다. 단운비를
탓할 수는 없는 일이다.

그러나 그의 손이 자신의 소중한 곳에 닿았고 또 보았을 것
이라는 생각을 하자 소녀는 너무 부끄러워서 자신도 모르게
고개가 푹 숙여졌다.

사실 그녀는 옷을 입고 있지 않았다. 이 섬에 버려진 지 채
한 달이 지나기도 전에 옷은 갈가리 찢어져서 걸치고 있을 수
도 없는 지경이 돼버렸다.

그리고 어느 순간인가 알지도 못하는 사이에 몸의 소중한
부위를 가리고 있던 조그만 천 쪼가리마저 떨어져 나갔으나
소녀는 조금도 개의치 않았다.

몸을 가리는 것이 중요한 것이 아니라 살아남아야 한다는
것이 당면과제이기 때문이었다.

이후에는 한 번도 씻지 않은데다 이곳저곳 후미진 곳을 찾
아다니면서 숨어 지내느라 온갖 더러운 것들이 온몸에 묻어
더께가 져서 두 달이 지났을 때에는 그녀의 부모가 보더라도
알아보지 못할 정도로 꾀죄죄한 몰골이 됐다.

소녀는 한참이 지난 후에야 조심스럽게 고개를 들고 단운
비를 바라보았다.

그는 그때까지도 운공조식에서 깨어나지 않았다.

소녀는 그를 바라보는 동안 그에 대해서 궁금한 것들이 하

나둘 생겨나더니 나중에는 너무 많아져서 기억하지도 못할
정도가 돼버렸다.

이윽고 그녀는 단운비에게서 시선을 거두고 조심스럽게
주위를 둘러보았다.

연못에서 흘러나온 흐릿한 빛이 부족하기는 하지만 그래
도 사위를 구별할 수 있을 정도다.

천장에 주렁주렁 매달린 종유석들이 연못에서 흘러나온
부윰한 빛에 마치 휘장처럼 흔들리는 것 같고, 보송보송하게
마른 흙바닥에 사방의 둥근 진흙 벽이 든든한 울타리를 쳐주
고 있었다.

소녀는 이곳이 참 아늑하고 좋다는 느낌이 들었다. 지난 석
달 이십여 일 동안 이렇게 안락한 곳에서 쉬어본 적이 한 번
도 없었다.

그래서 단운비가 내쫓지만 않는다면 이곳에서 그와 함께
지내고 싶었다.

아니, 그가 내쫓는다고 해도 결사적으로 매달리면서 함께
있게 해달라고 애원할 각오다.

문득 그녀는 손만 뻗으면 닿을 수 있는 거리의 바닥에 자신
의 단검이 놓여 있는 것을 발견했다.

그 검은 부친이 물려준 것으로 잘 때도 몸에서 떼어놓지 않
는 가문의 가보다. 그 덕분에 지금까지 잃어버리지 않고 지니
고 있을 수 있었다.

소녀는 그 검이 왜 바닥에 놓여 있는지 짐작할 수 있었다. 단운비가 그녀를 믿기 때문에 감추지 않고 그녀 가까운 곳에 놔둔 것이다.

그의 그런 배려와 믿음까지도 소녀는 너무나 고맙고 감동스러웠다.

그래서 죽는 한이 있어도 절대로 그의 믿음을 저버리지 않겠다고 새삼 맹세를 했다.

그녀는 단검을 그대로 내버려 둔 채 주위를 둘러보다가 문득 연못에 시선이 멈추고는 씻고 싶다는 생각이 들어서 단운비를 한 번 바라본 후 조심스럽게 연못가로 향했다.

아랫배와 오른쪽 둔부 아래 허벅지의 상처가 아팠으나 못 참을 정도는 아니다.

단운비가 어떻게 치료를 한 것인지, 또한 그의 피가 얼마나 놀라운 효능이 있는지 모르지만, 그녀는 심신이 더없이 상쾌하고 날아갈 듯이 가벼운 것을 느꼈다.

운공조식 중이던 단운비는 찰박찰박 물소리가 나는 것을 듣고 소녀가 씻고 있는 것이라고 짐작했다.

그녀가 갖고 있던 단검을 치우지 않고 바닥에 던져 둔 것은 그녀에게서 후최면작술이 사라졌다고 믿기 때문이었다.

과연 소녀는 그의 믿음대로 배신적인 행동은 하지 않았다.

단운비는 운공조식이 끝났지만 연이어서 한 번 더 시작했다. 그는 지금 다섯 차례나 쉬지 않고 운공조식을 하고 있는 중이었다.

그러는 이유는 내공이 증진된 듯한 느낌이 들어서이다.

얼마 전에 운공조식을 했더니 단전에 뜨거운 것이 가득 차서 금방이라도 터질 듯한 느낌이 들었었다.

그 즉시 운공을 멈추고는 혹시 잘못된 것이 아닐까 곰곰이 생각해 보았으나 딱히 그럴 만한 일이 떠오르지 않았다.

그래서 다시 조심스럽게 운공조식을 해보았는데 얼마 전의 뜨거우면서도 터질 것 같은 느낌은 간데없고, 여느 때처럼 차분한 느낌이 들었다.

그런데 이상한 것은 단전에 가득 찼던 기운이 두 개로 나누어져 있는 듯한 느낌이다.

그것은 마치 하나의 방에는 차고 넘치던 것이 두 개의 방으로 나누어져서 안정을 되찾은 듯한 현상이다.

단운비가 지식에 있어서는 당대 최고의 대석학을 능가할 정도라고 해도, 예전에는 운공조식을 한 번도 경험해 본 적이 없기 때문에 무공에 대해서는 문외한이었다.

원래 내공이란 생기면 생기는 대로 단전에 마구 축적되는 것이 아니다.

만약 그렇다면 자신의 내공이 어느 정도인지 측정할 수도 없을뿐더러, 내공을 일정량만 사용하려고 할 경우 분배가 어려워진다.

　보통 사람의 단전은 그저 밋밋하지만, 무공을 연마하는 사람은 운공조식을 실행하면 단전에 자연스럽게 하나의 방(房)이 형성된다.

　그래서 그 방에 차곡차곡 내공이 쌓이게 되는데, 방 하나가 다 차면 그 옆에 다시 또 하나의 방이 새로 생기고, 가득 찬 하나의 방은 내공 십 년을 뜻한다.

　그 방을 경방(勁房)이라 하고, 십 년짜리 방은 소경방(小勁房), 일 갑자, 즉 육십 년짜리 방을 대경방(大勁房)이라고 한다.

　그러므로 지금 단운비는 소경방 하나에서 내공 십 년이 넘쳐서 새로운 소경방 하나가 형성되었고, 바야흐로 이십 년 내공으로 증진되고 있는 것이다.

　'이것은 내공이 이십 년이 되고 있다는 뜻인가?

　총명이 과잉한 단운비가 그런 사실을 짐작하지 못할 리가 없다. 그는 지금 무공의 지식을 하나씩 스스로 터득하고 있는 것이다.

　사실 그의 내공이 상상을 초월할 정도로 급속히 증진하고 있는 이유는 순전히 금빛 자라 귀별금보의 백혈 덕분이다.

　그는 지금까지 수십 마리의 귀별금보 백혈을 마셨으며, 그것은 운공조식을 통하여 그의 체내에서 차근차근 내공으로 변환되고 있는 중이었다.

　현재는 그가 마신 백혈의 채 일 할도 내공으로 변환되지 않은 상태다.

다섯 번째의 운공조식을 마친 그는 자신의 단전에 두 개의 방이 만들어졌으며, 하나의 방은 가득 찼고, 새로운 방은 절반쯤 찬 사실을 분명하게 확인했다.

'귀별금보의 백혈 덕분에 내공이 빠르게 증진되고 있는 것이다.'

귀별금보 같은 희세의 영물이 아니고는 그가 아무리 천무골이라고 해도 이토록 빠른 시일에 내공이 일취월장할 수는 없다.

그는 현재 자신의 내공이 십오 년 정도라고 짐작했다.

무림에서는 명패조차 내놓지 못할 형편없는 수준이지만, 지금의 그에게는 너무도 소중한 내공이다.

운공조식을 끝내고 나니 여태까지와는 달리 온몸에 기운이 팽창할 듯하고 정신이 투명한 얼음처럼 맑아진 것을 느낄 수 있었다.

이윽고 그는 눈을 뜨고 전면을 바라보았다.

그런데 소녀의 모습이 보이지 않았다. 그는 한쪽 끝 동굴의 벽을 등지고 앉아 있으므로 실내 전체를 한눈에 볼 수 있는 위치이다.

소녀가 씻는 소리를 들은 이후에 그는 운공조식에 몰입하느라 그녀가 무엇을 하는지 알지 못했다.

소녀가 떠났다고 생각한 그는 조금 불안한 마음이 들었다.

그녀가 이곳의 위치를 알고 있으니 다른 사람을 데리고 올 수
도 있기 때문이다.

"……!"

그런데 몸을 일으키려던 그는 자신의 옆 뒤쪽에 벽을 등진
채 하나의 환한 물체가 있는 것을 발견하고는 동작을 멈추며
가볍게 놀라는 표정을 지었다.

환한 물체는 사람, 그것도 여자였다. 치렁치렁하게 긴 머리
카락을 늘어뜨린 채 가부좌의 자세로 앉아서 운공조식을 하
고 있는 모습이다.

단운비는 그녀가 얼마 전까지만 해도 온몸이 진흙투성이
였던 여자라는 사실을 직감했다.

지금 그가 보고 있는 여자는 십오륙 세 정도로 보이는 어린
소녀였다. 그런데 실오라기 한 올 걸치지 않은 전라의 모습이
다.

너무도 가녀린 모습이라서 마치 풀잎을 보는 듯했다.

갸름한 얼굴에 지그시 감고 있는 눈 사이로 길게 뻗은 속눈
썹은 몹시도 우아했으며, 도도한 듯 상큼 치켜 올려진 조그맣
고 뾰족한 콧날, 꼭 다물고 있는 작은 입술은 장미 꽃잎을 물
고 있는 것처럼 붉다.

학처럼 길고 흰 목과 단운비의 절반도 되지 않을 조그맣
도 연약한 어깨, 그리고 그 아래에는 큼직한 복숭아 하나를
절반으로 잘라서 엎어놓은 듯한 봉긋한 젖가슴이 있고, 그 위

에는 조그만 팥알 크기의 연분홍색 유두가 오만하게 허공을
향해 꼿꼿하게 서 있다.

그동안의 극심한 고생을 말해주듯이 눈처럼 희고 뽀얀 소
녀의 온몸 여기저기에는 무수한 흉터와 아직 아물지 않은 상
처가 수십 군데나 나 있었다.

하지만 그것이 소녀가 본래 지니고 있는 아름다움을 상쇄
시키지는 못했다.

단운비는 소녀의 나신에서 눈을 떼지 못했다. 음심이 생겨
서가 아니라 단지 새롭고도 신기한 물체를 보는 듯한 기분 때
문이었다.

그의 시선이 스르르 아래로 향하는가 싶더니 살집 하나 없
는 매끈한 배와 허리, 그리고 그 아래에서 눈길이 딱 멈추고
말았다.

소녀가 가부좌의 자세로 앉아 있기 때문에 소중한 부위가
적나라하게 드러나 있었다.

아직 어린 소녀라서 그런지 그 부위의 음모는 그다지 무성
하지 않았다.

약간 거뭇거뭇한 방초(芳草)가 소복한 그 아래에 시선이 이
르렀을 때 단운비는 눈을 조금 더 크게 뜨고 뚫어지게 쏘아보
았다.

여린 연분홍색의 꽃잎 같은 것이 촉촉하게 젖은 채 몹시 수
줍은 듯 거기에 있었다.

사실 단운비는 낙양성의 파락호이며 호색한이라고 소문이 자자했으나 여자의 벌거벗은 몸을, 그것도 이처럼 가깝고도 일목요연하게 보는 것이 난생처음이다.

그때 소녀가 운공조식을 끝내고 사르르 눈을 떴다.

"……!"

순간 그녀는 단운비가 엉거주춤 일어서려다가 만 자세로 자신을 뚫어지게 주시하고 있는 것을 발견하고는 깜짝 놀라서 하마터면 소리를 지를 뻔했다.

그녀는 단운비가 어디를 뚫어지게 보고 있는지 그의 시선을 따라서 자신의 몸을 보다가 음부에서 딱 멈추었다.

"아앗!"

이때만큼은 그녀도 뾰족한 비명을 지를 수밖에 없었다.

그녀는 비명과 함께 급히 다리를 오므려 세우면서 음부와 젖가슴을 동시에 가렸다.

그러자 단운비는 움찔 놀라며 당황했다.

"낭자, 나, 나는……."

그는 무릎을 꿇고 상체를 꼿꼿하게 세운 자세로 소녀를 보며 뭐라고 변명을 하려다가 이내 그만두고 정중히 고개를 숙였다.

"미안하오. 용서하시오."

그런데 어쩐 일인지 소녀의 두 눈이 화등잔처럼 커졌고, 그녀의 시선이 단운비의 몸 어디에 고정된 채 움직이지 않고 있었다.

방금 전에 소녀가 했던 대로 단운비도 그녀의 시선을 좇아 자신의 몸을 쳐다보다가 아연실색하고 말았다.

그녀가 경악하는 얼굴로 보고 있는 것은 단단하게 발기되어 있는 단운비의 굵은 음경이었다.

그는 소녀의 나신을 보고 있는 동안 자신도 모르게 발기를 하고 만 것인데 그 자신은 까맣게 모르고 있었다.

순간 그는 급히 몸을 돌리면서 웅크리며 그 자리에 주저앉아 버렸다.

"미… 안하오."

그제야 소녀는 자신이 단운비의 음경을 뚫어지게 주시하고 있었다는 사실을 깨닫고 화들짝 놀라서 두 손으로 얼굴을 가리고 말았다.

"난 몰라."

단운비는 십팔 세지만 몸은 이십대 청년을 능가할 정도로 크고 잘 발달되었다.

혈기왕성한 그가 여자의 나신을, 그것도 음부를 보고 발기한다는 것은 그의 남성이 지극히 정상이고 건강하다는 뜻이 아니겠는가. 오히려 발기를 하지 않는다면 그것이 이상한 일이다.

하지만 그는 자신이 여체를 보고 발기한 것에 극심한 수치심과 자기혐오를 느꼈다.

자신이 그 정도밖에 되지 않는 인간이라는 사실이 그를 비참하게 만들었다.

단운비는 뭐라고 변명을 해야 할지 몰라서 쩔쩔매다가 벌
게진 얼굴로 소녀를 돌아보며 어눌하게 말했다.

"생전 처음 보는 여자의 나신이라서 나도 모르게 결례를
범했소. 용서하시오."

바깥세상이었다면 이런 식의 형편없는 변명은 하지 않았
을 것이고, 먹히지도 않았을 것이다.

그런데 소녀도 얼굴에서 겨우 손을 떼며 기어들어 가는 목
소리로 중얼거렸다.

"소… 녀도 생전 처음 보는 남자의 몸이라서… 실례를…
용서하세요."

결국 두 사람은 생전 처음 이성의 나신을, 그것도 소중한
부위를 보게 된 것이고, 똑같은 변명을 하고 말았다.

그녀의 말을 듣고 단운비는 조금 마음이 놓였다.

그런데 고개만 돌려서 소녀를 보고 있던 단운비의 시선이
그녀의 몸 어느 부위에 딱 멈추었다.

소녀가 제딴에는 무릎을 세워서 두 팔로 안은 채 음부와 가
슴을 동시에 가린다고 시도한 자세였으나, 그러는 바람에 아
래쪽 음부가 또다시 적나라하게 노출된 것이고, 거기에 단운
비의 시선이 멈춘 것이다.

하지만 이번만큼은 단운비가 즉시 시선을 거두는 바람에
소녀는 그런 사실을 눈치채지 못했다.

어색한 침묵이 오래도록 흘렀다.

그러는 사이에 소녀는 많은 생각을 했다.

'만약 저분이 나를 이곳에서 함께 지내도록 해주신다면……'

그렇게 된다면 두 사람 다 알몸으로 지내야만 하고, 그것에 익숙해질 수밖에 없다는 생각을 했다.

'벌거벗은 몸으로 지내는 것에 익숙해져야만 하다니……'

생각하는 것만으로도 온몸이 오그라드는 것 같은 부끄러움이 엄습했다.

그러나 수치심이나 두려움 같은 것은 없다. 단지 부끄러움뿐이다.

소녀는 단운비가 자신을 버리지만 않는다면 모든 것을 의탁하고 그에게 복종할 준비가 이미 되어 있는 상태다.

살아남기 위해서라는 목적도 있으나, 그가 자신에게 보여준 감동 때문이라는 이유가 더 컸다.

그렇다고 해서 부끄러움이 사라지는 것은 아니다. 그것은 남녀 사이에 가로놓여 있는 원초적인 장벽 같은 것이었다.

그때 단운비가 소녀에게 등을 보이고 웅크려 앉은 채 그녀를 외면한 상태에서 침착해지려 애쓰며 입을 열었다.

"낭자, 어디 갈 곳이 있소?"

소녀가 따로 갈 곳이 없다면 함께 있어도 좋다는 생각을 한 것이다.

그러면 그녀가 누군가에게 이곳의 위치를 발설할 염려도 없을뿐더러, 그녀에게서 바깥에서 벌어지고 있는 일들에 대해 정보도 얻을 수 있으니 일석이조인 셈이다.

하지만 소녀를 한 명의 여자로 여기고 함께 있으려는 마음은 추호도 없다.

"소녀는 갈 곳이 없어요."

소녀는 단운비가 묻자마자 즉시 그를 보면서 대답하고 조심스럽게 말을 이었다.

"소녀를 이곳에서 지낼 수 있도록 허락해 주신다면 무슨 일이든지 하겠어요."

그녀는 말을 하다가 뒤돌아 앉아 있는 단운비의 단단한 엉덩이를 보고는 얼른 외면했다.

단운비는 가볍게 고개를 끄덕였다.

"그럼 함께 지내도록 합시다."

소녀는 가슴이 터질 만큼 기뻐서 종달새처럼 영롱하게 대답했다.

"고마워요. 이 은혜는 죽어서도 잊지 않겠어요."

그러면서 그녀는 단운비를 쳐다보다가 또다시 엉덩이를 보고 말았다.

자신의 몸을 단운비에게 보이는 것이 아닌데도 부끄러움이 확 밀려들었다.

하지만 그녀는 이번에는 외면하지 않았다. 어차피 두 사람이 함께 지내려면 서로의 벌거벗은 몸을 보는 것에 익숙해져야 한다는 나름대로의 당찬 생각 때문이었다.

그때 단운비는 한 가지 방법을 생각해 냈다. 오래전에 자신이 벗어놓은 누더기 옷을 깨끗이 빨아서 칼로 잘라 두 사람의 중요한 부분만 가리는 것이다.

그는 몇 달 동안이나 혼자 지내면서 벌거벗고 있어서인지 소녀가 나타났을 때나 그녀가 혼절해 있는 동안에도 옷을 입어야 한다는 사실을 까맣게 잊고 있었다.

그러다가 조금 전에 그와 소녀가 서로의 음부를 보고 놀란 직후에야 비로소 자신에게 옷이 있다는 사실을 기억해 냈던 것이다.

생각이 거기에 이른 그는 즉시 벌떡 일어나서 소녀에게 성큼성큼 다가갔다.

소녀는 그의 갑작스런 행동에 화들짝 놀라 눈을 동그랗게 뜨고 그를 쳐다보았다.

단운비가 크게 걸음을 옮김에 따라서 그의 하체에서 어떤 물체가 덜렁거리자 소녀의 시선이 자신도 모르게 그곳으로 향했다.

그것은 조금 전에 잠깐 보았던 단운비의 한껏 발기된 음경이었다.

건강한 육체의 소유자인 그의 음경이 짧은 시간에 수그러들었을 리가 없다.

그런데도 그는 황망한 정신에 미처 그것을 생각하지 못하고 한시바삐 두 사람의 몸을 가려야겠다는 마음만 앞서서 또다시 실수를 하고 말았다.

순간 소녀는 눈을 한껏 크게 뜨고 입을 벌린 채 놀라다가 황급히 두 손으로 얼굴을 가리며 외면했다.

무릎 사이에 얼굴을 파묻은 그녀는 얼굴이 화끈거리고 심장이 미친 듯이 두근거렸으며 정신이 하나도 없었다.

그리고 지금 그가 다가오고 있는 것이 자신을 겁탈하려는 것이라는 직감이 들었다. 지금은 그렇게밖에 생각할 수가 없는 상황이다.

그 짧은 순간에 소녀의 머릿속은 수많은 생각이 명멸했다. 또한 마음은 당혹감과 두려움으로 뒤범벅되었다.

단운비는 소녀가 질겁하자 자신의 하체를 내려다보다가 아차 하는 표정을 지었다. 당황한 상태에서 마음만 급하다 보니 또 실수를 한 것이다.

그는 원래 자리로 되돌아갈까 멈칫거리다가 소녀가 외면을 하고 있는데다 이왕 이렇게 된 것 그냥 강행하기로 했다.

소녀는 잠시가 지나도 아무런 일이 벌어지지 않자 조심스럽게 고개를 들었다.

"헉!"

그리고는 자신의 바로 옆에 선 채 허리를 굽히고 있는 단운비를 발견하고는 크게 놀라서 헛바람 삼키는 소리를 냈다.

단운비는 그녀의 옆에 놓여 있는 자신의 누더기 옷을 집어 들고 있었다.

순간 소녀는 단운비 쪽을 쳐다보다가 자신의 바로 코앞에서 흔들거리고 있는 그의 커다란 음경을 발견하고는 두 눈이 화등잔처럼 동그랗게 커졌다.

단운비는 옷을 집어들다가 소녀를 발견하고 그 자리에서 몸이 딱 굳어버렸다.

소녀는 너무 놀라서 외면을 해야 한다는 사실도 망각한 상태다.

사람의 정신이란 한계가 있다. 지나친 충격은 잠시 뇌의 기능을 마비시킨다.

그녀는 남자의 음경을 본 것도 처음이지만, 이처럼 반 뼘도 안 되는 가까운 거리에서 보는 것은 더더욱 처음이라서 심장이 멎어버리고 숨도 쉬지 못할 정도로 놀랐다.

단운비는 자신이 갑작스런 행동을 취하면 소녀가 더 놀랄까 봐 어쩌지도 못하고 몸이 굳어버린 채 그대로 가만히 있을 수밖에 없었다.

"아……."

다섯 호흡쯤 지난 후에 소녀는 여전히 음경에서 시선을 떼지 못하고 있다가 그제야 길게 숨을 토해냈다.

문득 그녀의 시선이 위쪽으로 향하다가 자신을 굽어보고

있는 단운비의 눈과 딱 마주쳤다.

순간 두 사람은 똑같이 얼굴을 확 붉혔다.

그러나 부끄러움 외에 미묘한 감정이 두 사람의 가슴속에서 샘물처럼 솟구쳤다.

그것은 동질감이다. 만약 두 사람이 함께 있기로 하지 않았다면 그런 감정은 싹트지 않았을 것이다.

단운비는 어색한 미소를 지으면서 몸을 돌려 연못가로 다가가 주저앉아 옷을 물에 빨기 시작했다.

항주성 거지 시절의 옷이라서 너무 더럽기 때문에 빨아서 입으려는 것이다.

자신은 괜찮은데 소녀에게 시커멓고 냄새 나는 옷을 입힐 수는 없다는 생각이었다.

그런데 그 시점에서 일이 벌어지고 말았다.

북북.

슬쩍 힘주어서 문질렀을 뿐인데 워낙 낡은 누더기 옷이 힘없이 찢어지기 시작한 것이다. 더 문질렀다가는 아예 조각조각 흩어져 버릴 것만 같았다.

실망한 단운비는 빨기를 그만두고 젖은 옷을 손에 쥔 채 물끄러미 굽어보았다.

소녀는 단운비의 행동을 보고 그의 의도를 알아차렸다.

하지만 옷이 맥없이 찢어지는 것을 보고 그녀 역시 실망을 금치 못했다.

그러나 기왕지사 찢어져 버린 옷을 어쩌겠는가. 단운비를 원망할 수는 없는 일이었다.

벌거벗은 몸을 세상 사람들에게 다 보여야 하는 것도 아니지 않은가.

또한 이곳에서 자신 혼자만 벌거벗은 채 있는 것이 아니라 단운비도 같은 상태이니 불공평한 일도 아니다.

단지 하나의 장벽인 부끄러움만 극복하면 될 터이다.

단운비가 착잡한 심정으로 앉아 있을 때 뒤에서 소녀의 기어드는 듯한 목소리가 들렸다.

"저… 소녀는… 괜찮아요."

그가 돌아보자 소녀는 한껏 용기를 내는 표정을 지으면서 눈도 깜빡이지 않으며 말을 이었다.

"아… 무렇지도 않아요."

그렇게 말하면서 그녀는 두 팔로 끌어안고 있던 무릎을 풀고 책상다리를 하고 앉았다.

그런 자세를 취하고 있는 그녀의 얼굴이 잘 익은 사과처럼 빨갛게 붉어졌으며, 가녀린 몸은 단운비가 보기에도 안쓰러울 만큼 바들바들 떨고 있다.

그녀는 입으로는 '아무렇지도 않다' 라고 말했으나 몸은 솔직하게 반응을 하고 있었다.

하지만 그녀의 의지는 '아무렇지도 않으려고' 필사적으로 노력했다.

단운비는 소녀가 그러는 의도를 너무도 잘 알고 있기 때문
에 미안함을 느꼈다.

자신보다 나이가 어린 소녀가 솔선수범으로 지금의 어려
움을 극복하려고 노력하기 때문이다.

본디 남녀 관계에서는 여자만 극복하면 모든 것이 무난해
지는 법이다.

진짜 어려운 것은 남자가 여자를 극복하지 못한다는 것인
데, 여자가 앞장서면 다음 문제는 자연히 해결된다.

소녀의 떨림은 점차 잦아들었다. 그리고 빨갛게 상기됐던
얼굴도 평소의 혈색으로 돌아가고 있었다. 안정을 되찾고 있
는 것이고, 그녀의 작은 노력이 결실을 맺었다.

단운비는 마른침을 삼키고 묵직하게 몸을 일으켰다.

'처음만 극복하면 이후는 아무것도 아니다. 아무렴 내가
어린 소녀만도 못하단 말인가?

그는 천천히 다가가서 두 자 정도의 거리를 두고 소녀와 마
주 보고 책상다리로 앉았다.

소녀의 얼굴만 보려고 노력하다가 곧 부질없음을 깨달았다.

극복하려면 소녀의 얼굴만 봐서는 안 된다. 얼굴만 보면 부
분적으로만 극복하는 것이 되고, 온몸을 보고 익숙해져야 다
극복하는 것이 될 터이다.

이윽고 그는 눈에 힘을 풀고 소녀의 몸을 찬찬히 살펴보기
시작했다. 음심은 추호도 없다. 단지 극복을 위한 관찰일 뿐

이다.

소녀 역시 그의 의도를 알아차리고 경직됐던 표정을 풀더니 차분한 모습으로 조심스럽게 단운비의 몸을 살펴보기 시작했다.

잠시가 지났을 때 두 사람은 서로 마주 바라보면서 빙그레 엷은 미소를 지었다.

"아……."

그때 소녀가 갑자기 얼굴을 찡그리면서 나직한 신음을 토해내며 엉덩이를 약간 들어 올렸다.

"왜 그러시오?"

"아… 무것도 아니에요."

단운비가 의아한 얼굴로 묻자 소녀는 아픈 표정을 지으면서도 아니라고 부인을 했다.

그는 소녀가 몸 어딘가를 다쳤기 때문에 그러는 것이라고 생각했다.

"상처 때문이오? 내게 보여주시오."

소녀는 머뭇거렸다. 그렇지만 그녀는 오래지 않아서 조심스럽게 몸을 돌려 무릎을 꿇고 상체를 곧추세워서 단운비에게 자신의 뒷모습을 보여주었다.

그녀가 용기를 낸 이유는, 서로의 몸까지 구석구석 다 보여주었는데 이제 와서 감출 것이 무에 있겠는가 하는 마음과, 이처럼 자꾸 감추려고 한다면 앞으로 두 사람의 동거가 원만

하지 못할 것이라는 생각이 들었기 때문이다.

단운비는 소녀의 눈부시게 희고 아담하면서도 늘씬한 뒤
태를 위에서부터 아래로 빠르게 훑어보았다.

여기저기에 자잘한 상처가 많았다. 이곳 생활을 하면서 얻
은 상처들일 것이다.

그때 단운비의 시선이 소녀의 왼쪽 궁둥이 바로 아래 허벅
지에 꽂혔다.

그곳에는 반 뼘가량의 날카로운 것에 베인 상처가 새겨졌
으며 많지는 않지만 피가 흐르고 있었다.

그가 고개를 숙여서 살피려고 했으나 상처가 워낙 아래쪽
이라서 뜻대로 되지 않았다.

"엎드려 보시오."

소녀는 잠시 묵묵히 있다가 두 손으로 바닥을 짚고 천천히
앞으로 엎드렸다.

단운비는 한 손으로 소녀의 궁둥이를 잡고 다른 손으로는
허벅지를 잡고 조심스럽게 살펴보았다.

다행히 상처는 깊지 않아서 살을 베인 것일 뿐이다. 저절로
딱지가 생기면서 아물었다가 상처가 터져서 약간의 피가 흐
른 정도다.

아마도 소녀가 책상다리의 자세로 앉느라 한쪽 발뒤꿈치
로 상처를 눌렀기 때문에 터진 듯했다.

소녀는 눈을 꼭 감고 두 주먹을 움켜쥔 채 뺨을 바닥에 대

고 가만히 있었다.

단운비가 상처를 살피려면 자연히 자신의 소중한 부위까지도 볼 것이라는 생각이 들어서 몹시 부끄러웠으나 못 견딜 정도는 아니었다.

단운비는 고개를 들고 잠시 생각했다. 이곳에는 마땅한 치료 도구나 약재가 없기 때문에 상처를 치료하는 것은 여의치가 않다.

그러다가 문득 귀별금보에 생각이 미쳤다. 귀별금보의 백혈이 탁월한 효능을 지니고 있다면, 꼭 피만 아니라 다른 부위도 효능이 있을 것이라는 생각이 들었다.

그는 즉시 한쪽 구석에 수북이 쌓여 있는 귀별금보의 단단한 껍데기와 뼈 중에서 작은 뼈 하나를 가져다가 물로 깨끗이 씻었다.

이어서 소녀의 단검으로 뼈를 박박 긁어서 곱게 가루를 내서 손바닥에 소복하게 담아 그것을 그녀의 허벅지 상처에 고루 발라주었다.

뼛가루가 접착력이 있는지 번지지도 않고 상처에 잘 접착된 것을 보고 그는 소녀의 아랫배와 다른 상처에도 일일이 다 정성껏 발라주었다.

第十九章
살비굉규(殺秘宏規)

풍림화산

소녀의 이름은 한소진(韓素眞)이다.

호북성에서도 제법 알아주는 무림 명문가의 무남독녀로
세상물정이라고는 전혀 모르고 살다가 어느 날 밤에 납치되
어 이 섬에 버려졌다.

그녀가 이곳에 대해서 알고 있는 것은 그리 많지 않았다.

몇 차례 죽을 고비를 넘긴 후에는, 여기저기 돌아다니기보
다는 무서워서 한곳에 꼭꼭 숨어 있었기 때문이다.

그 장소는 단운비가 숨어 있는 동굴처럼 전혀 드러나지 않
는 곳이라서 그녀가 스스로 나가지 않는 한 아무도 그녀를 찾
아낼 수 없는 장소였다.

하지만 그녀가 알고 있는 많지 않은 것들은 단운비에겐 꼭 필요한 정보였다.

한소진의 말에 의하면, 단운비가 짐작했던 대로 이곳은 섬이었다.

그렇지만 한소진이 설명한 이 섬의 식물들과 기후를 토대로 한다면 그가 예상한 남해의 더운 지방은 아닌 듯했다.

그리고 단운비는 이 섬에 최소한 수십 명의 사람이 있을 것이라고 추측했는데, '관찰' 보다는 살아남기 위해서 '생존' 에 급급했던 한소진은 거기에 대해서는 명확한 대답을 주지 못했다.

그리고 그녀는 자신이 만났던 사람들, 아니, 다짜고짜 죽이려고 덤벼들던 살인자들에 대해서, 그리고 자신도 그들을 죽이려고 하루살이처럼 악착같이 덤벼들었던 이야기를 몸서리를 쳐가면서 설명했다.

또한 이리저리 숨어 다니면서 보았던 강과 바다, 숲, 늪지대, 온갖 독물들에 대해서도 말해주었다.

한소진은 그런 것들을 설명하는 것만으로도 겁에 질려 안색이 창백해져서 가쁜 숨을 몰아쉬었다.

"흑흑흑……."

그녀가 결코 돌이켜 생각하고 싶지 않은 기억들을 다시 끄집어내서 설명하는 것은, 그것이 단운비에게 해줄 수 있는 유일한 보답이라고 생각했기 때문이다.

단운비는 설명을 끝낸 후에 무릎을 세우고 거기에 얼굴을 묻은 채 바들바들 몸을 떨면서 흐느껴 울고 있는 한소진을 착잡한 얼굴로 바라보았다.

그가 보기에 한소진은 집에서 부모에게 응석이나 부리고 귀여움을 독차지하고 있어야 마땅할 나이이고 성격이었다.

도대체 암중의 인물은 무엇을 기준으로 사람을 납치하는 것인지 모를 일이었다.

한소진 같은 어린 소녀를 이런 섬에 내던져 놓으면 백이면 백 처참하게 죽고 말 것이다.

그런 점에서 그녀가 아직까지 살아 있는 것은 기적이라고밖에는 이해할 수가 없는 일이다.

한소진은 흐느낌을 그칠 줄을 모르고, 아니, 시간이 지날수록 더욱 몸을 떨면서 구슬프게 울었다.

여자가 이처럼 결사적으로 우는 것을 한 번도 본 적이 없는 단운비는 한소진이 울다가 어떻게 돼버리지나 않을까 하는 걱정이 들기 시작했다.

그렇지만 자신이 그녀를 위해서 무엇을 어떻게 해야 할지 막막하기만 했다.

그는 온몸을 떨면서 흐느끼는 한소진을 향해 몇 번이나 손을 뻗었다가 거두기를 반복했다.

손을 뻗어 그녀를 만진 다음에는 어떻게 해야 할지 모르기 때문이다.

"으흐흐흑……!"

한소진은 더욱 몸을 떨면서 아예 바닥에 이마를 대고 처절하게 몸부림치면서 울어댔다.

처음에는 무서워서 울기 시작했는데, 이제는 부모와 가족, 그리고 자신이 알던 모든 사람들이 그리워서, 그리고 자신의 처지가 너무 한스러워서 봇물이 터진 듯 죽을 것처럼 울어댔다.

그녀도 이렇게 우는 것은 생전 처음이었다. 이곳에 끌려오기 전까지는 이처럼 통곡할 일이 없었고, 끌려온 후에는 울음소리 때문에 발각되어 죽게 될까 봐 숨죽인 채 이를 악물고 눈물만 뚝뚝 흘리는 것이 고작이었다.

하지만 이곳은 안전한 장소이며, 이제는 자신을 지켜줄 든든한 사내가 있다는 사실이 그녀를 안도하게 만들어 마음껏 울도록 부추겼다.

결국 단운비는 자신이 한소진을 달랠 수밖에 없다는 결론을 내렸다.

슥—

그의 커다란 손이 한소진의 바들바들 떨리는 어깨에 가만히 닿았다.

움찔!

순간 한소진은 숨을 흑! 하고 들이켜면서 세차게 몸을 떨었다. 그리고는 고개를 들어 눈물범벅된 얼굴로 단운비를 바라보았다.

너무도 애처로워서 아무리 잔인한 사람이라도 그녀를 보면 심금이 저릴 것만 같은 모습이다.

단운비는 온화하게 미소 지으면서 고개를 끄덕였다. 마치 너의 슬픔을 다 이해할 수 있다는 듯한 표정이다.

"으흐흑!"

와락!

그러자 한소진은 단운비의 품으로 뛰어들며 울음을 터뜨렸다.

단운비는 깜짝 놀랐으나 그녀를 뿌리치지 않고 품속에 깊이 끌어안으며 부드럽게 등을 쓰다듬어 주었다.

"흑흑흑… 고마워요. 미안해요……."

무엇이 고맙고 무엇이 미안한지, 한소진은 두 팔로 단운비의 등을 힘주어 끌어안고 얼굴을 가슴에 비벼대면서 그 후로도 오랫동안 울었다.

단운비는 울다가 지쳐서 잠이 든 한소진을 한쪽 구석에 조심스럽게 내려놓았다.

이어서 한소진이 뚫고 들어왔던 맞은편 진흙 벽 쪽으로 바짝 다가갔다.

그녀는 그쪽 진흙 벽의 두께가 오 장여에 이르며, 그 너머에는 깊은 절곡 바닥이 있다고 했다.

그래서 지금 단운비는 진흙 벽을 뚫고 그 너머까지 가볼 생
각이다.

한소진이 뚫고 들어왔으면 다른 자들도 충분히 들어올 수
있기 때문에 그곳이 어떤 상황인지 자신의 눈으로 직접 확인
해 보려는 것이다.

예전에 그는 진흙 벽을 뚫고 들어가다가 무너지는 바람에
다시 되돌아 나온 적이 있었다.

하지만 지금은 진흙 벽의 두께가 오 장이며 그 너머에 절곡
바닥이 있다고 정확하게 알고 있기 때문에 무너진다고 해도
계속 뚫고 나가볼 생각이었다.

그는 잠들어 있는 한소진을 한 번 뒤돌아본 후 숨을 멈추고
는 진흙 벽을 뚫기 시작했다.

파박, 팍!

축축하게 젖은 진흙이라서 지난번처럼 역시 잘 파졌다. 이
장쯤 진입했을 때 구멍이 무너졌으나 멈추지 않고 계속 파 들
어갔다.

진흙 벽을 파기 시작한 지 이각쯤 지났을 때 그는 진흙을
파던 두 손이 허전한 것을 느꼈다.

그와 동시에 앞쪽에서 서늘한 바람과 밝은 빛이 한꺼번에
쏟아져 들어왔다.

이각 동안이나 숨을 참고 있었는데도 전혀 숨이 차지 않았
다. 그것은 순전히 귀별금보의 백혈 덕분이었다.

진흙 범벅인 단운비는 구멍 밖으로 눈만 살짝 내밀고 빠르게 바깥쪽을 살펴보았다.

구멍에서 두 자쯤 아래에는 낙엽이 수북하게 깔려 있었으며, 삼십여 장 길이에 삼 장여 폭을 지닌 계곡의 밑바닥이 펼쳐져 있었다.

위를 올려다보자 까마득한 위쪽에 먹구름이 잔뜩 낀 우중충한 하늘이 손바닥보다 조금 크게 보였다.

계곡의 양쪽 벽은 암벽으로 이루어졌으며 거의 수직으로 오륙십 장이나 까마득하게 솟아 있어서 일류고수라고 해도 한 번 추락하면 빠져나가기가 쉽지 않을 듯했다.

그렇기 때문에 계곡이라기보다는 작은 절곡이라고 하는 편이 옳을 듯했다.

한소진의 말에 의하면 그녀는 캄캄한 한밤중에 길을 잃고 헤매다가 발을 헛디뎌서 절곡 아래로 추락했다고 한다.

그녀를 살린 것은 절곡 바닥에 일 장 이상 두텁게 쌓인 낙엽 더미였다. 그녀는 암벽에 부딪쳐 몇 군데 긁힌 상처만 생겼을 뿐 말짱했다.

하지만 그녀는 일시적으로 간신히 살아난 것이지 정말로 산 것이 아니었다.

거의 먹지 못해서 기력도 없는데다 무공까지 일천한 그녀로서는 높이 오륙십 장의 암벽을 기어오른다는 것은 상상하지도 못할 일이었다.

낮이나 밤이나 온종일 낙엽 더미 속에 숨어서 벌레처럼 기어다니며 먹을 것을 구했으나 운이 좋으면 하루에 손톱보다 작은 열매 한두 개를 먹는 것이 고작이었다.

그래서 그녀는 자신이 결국 이곳 절곡 밑바닥 낙엽 더미 속에서 허무하게 죽을 수밖에 없는 운명이라며 모든 것을 체념했었다.

절곡에 추락한 지 나흘째, 낙엽 더미 속을 이리저리 기어다니던 그녀는 우연히 한쪽 벽면이 질퍽질퍽한 진흙인 것을 발견했다.

그것을 본 그녀의 최초 직감은 그 너머에 물이 있을 것이라는 것이었다.

그래서 맹목적으로 진흙 벽을 파기 시작했다. 어차피 이래 죽으나 저래 죽으나 매한가지니까 발버둥이나 쳐보겠다는 절박한 심정이었다.

마지막 최후의 기력을 모아 귀식대법을 전개하여 필사적으로 진흙을 파 들어가다가 더 이상 숨을 참을 수도, 진흙을 팔 힘도 없어서 모든 것을 포기하려고 했을 때 마침내 벽이 뚫리고 단운비가 있는 동굴로 나오게 되었던 것이다.

단운비는 잠시 더 절곡의 아래위와 주변을 살펴보다가 다시 동굴로 돌아가기로 했다.

누군가 이곳을 통해서 수중 동굴로 침입해 올 가능성이 거의 없다고 판단한 것이다.

한소진이 수중 동굴까지 들어온 것은 특별한 경우였다. 누군가 그녀 같은 상황에 처해서 그녀가 했던 생각을 다시 하게 될 확률은 전무하다고 할 수 있다.

되돌아가려면 일단 구멍 밖으로 나왔다가 몸을 돌린 후에 파기 시작해야 하지만, 그랬다가는 누군가에게 들킬 수도 있는 일이다.

진흙 속에서 방향을 바꾸는 것이 보통 어려운 일이 아니지만 단운비는 포기하지 않고 계속 시도하여 다시 이각 후에 수중 동굴로 돌아왔다.

그때까지도 한소진은 깊이 잠들어 있었다.

한소진이 단운비와 함께 지내기 시작한 지 열흘, 두 사람이 이 섬에 온 지는 넉 달여가 지났다.

처음에 단운비는 한소진이 귀별금보나 뿔개구리, 물고기 등 날것을 먹을 수 있을까 염려를 했는데 그것은 기우에 지나지 않았다.

그녀는 이 섬에 버려진 이후 무엇이든 변변하게 먹어본 기억이 거의 없었다.

고기 반찬에 진수성찬이 아니면 먹지 못한다는 것은 아득한 옛날 일이다.

지금 그녀는 무림 명문가의 무남독녀가 아니라 생존을 위해서라면 무슨 일이라도 마다하지 않는 지독한 독종이 되어 있는 상태였다.

단운비와 만나기 전의 그녀는 입에 넣을 수 있는 것이라면 무엇이든 먹어댔었다.

하지만 무공이라곤 변변치 않은데다 꼭꼭 숨어 있어야만 하는 그녀로서는 풍성한 먹을거리를 찾는다는 것은 불가능한 일이었다.

그저 풀뿌리나 나무껍질, 작은 열매, 심지어는 독충인지도 모를 벌레까지도 닥치는 대로 먹었다.

옛말에 매와 허기에 버티는 장사란 없다고 했다. 오죽하면 극도로 허기가 져서 사람을 잡아먹는 일도 있었겠는가.

그런 그녀에게 귀별금보나 뿔개구리, 그리고 여러 종류의 물고기나 조개 등은 집에서 먹었던 산해진미보다 더 고급스러운 음식이었다.

처음에 그녀는 먹기 쉬운 물고기와 조개를, 그다음에 귀별금보의 백혈을 마시고 살을 먹었으며, 마지막에 뿔개구리를 먹었다.

뿔개구리를 마지막에 먹은 것은 가장 징그럽게 생겼다는 단순한 이유 때문이다.

그러나 만약 뿔개구리를 제일 먼저 먹었더라면 한소진은 극독에 중독되어 죽음을 면치 못했을 것이다. 그러므로 그녀가 뿔개구리를 맨 마지막에 먹은 것은 작은 기적이라고 할 수 있는 일이었다.

단운비는 귀별금보의 효능을 잘 알고 있기에 한소진에게 그것을 먹이려고 애썼다.

하지만 귀별금보는 결코 흔한 영물이 아니기 때문에 잡는 것이 쉽지 않아서 사나흘에 한 마리 꼴로 먹일 수 있을 뿐이었다.

한소진은 갑자기 먹게 된 많은 양의 음식과 날것 때문에 처음 이삼 일 동안은 배탈을 앓고 심한 설사를 해댔다.

그러나 이후부터는 아무런 문제가 없어 열흘쯤 되자 볼 살이 오동통하게 붙었고, 살결이 뽀얘졌다.

한소진은 아직 물속에서 용변을 보는 것이 불가능해서 동굴 구석에서 볼일을 보면 단운비가 오물을 진흙과 버무려서 들고 나가 강에 버리는 것을 반복했다.

한소진은 그것을 몹시 부끄러워했으나 현재로선 그녀가 헤엄을 못 치기 때문에 그렇게 하는 것 외에는 달리 방법이 없었다.

또한 단운비는 싫은 내색하지 않고 기꺼이 그 일을 해주어서 한소진으로 하여금 또 다른 감동을 느끼게 했다.

소변은 처음에는 연못의 물속에 둔부를 절반쯤 담근 채 보았으나 그러던 중에 식인어에게 포동포동한 궁둥이를 한 번 된통 물려 버리는 일이 생겼다.

그 후부터는 연못가에 쪼그리고 앉아서 소변을 보고는 물로 헹구어내는 방법을 썼다.

그녀로서는 하루 중에서 대소변을 볼 때가 가장 난감해서 단운비가 운공조식을 하거나 잠을 자는 시각에 몰래 볼일을 봤다.

하지만 용변이라는 것은 때를 맞추어 나오는 것도, 참는다고 참아지는 것도 아니다.

단운비가 보는 앞에서 볼일을 봐야 하는 경우가 생기고, 그것이 거듭될수록 한소진은 점차 그 일에 익숙해져 갔다.

이렇듯이 인간은 자신에게 주어진 상황이나 환경에 기막히게 잘 적응하는 법이다.

두 사람의 동거가 어느 정도 자리를 잡아갈 무렵. 단운비는 한소진이 익혔거나 알고 있는 무공에 대해서 알아보았다.

그 결과 그녀가 열 살 때부터 가문의 심법과 검법을 익히기는 했으나 그다지 심취하지 않아서 내공은 십 년 남짓에 불과하고 검법은 삼성(三成) 정도 연마한 것으로 드러났다.

한소진은 이곳에 있으면서 가문의 심법과 검법을 전력으로 연마하겠다고 당찬 포부를 내비쳤다.

그 말을 들은 단운비는 한소진에게 심법의 구결을 말해보라 하여 경청한 후에는 이어서 검법을 펼쳐 보라고 하여 진지한 얼굴로 지켜보았다.

그로부터 그는 반 시진 정도 골똘히 생각에 잠겼다. 그녀의 심법과 검법을 나름대로 분석하기 위해서였다.

그가 알고 있는 무학적인 지식을 토대로 분석해 봤을 때 한소진의 심법과 검법은 그녀에게 적합하지 않았다.

왜냐하면 심법은 남성적인 것이고, 검법은 최소한 십 년 이상 연마해야 진가를 발휘할 수 있을 것이라고 판단했기 때문이다.

아무래도 그녀의 가문인 호북의 풍우문(風雨門)의 무공은 남자를 위해서 만들어진 듯했다.

긴 생각을 마친 단운비는 한소진에게 진지하게 한 가지 제안을 했다.

"내가 몇 가지 무공을 알려줄 테니 배워보겠소?"

한소진은 생각해 볼 것도 없다는 듯 손뼉을 치면서 기쁜 얼굴로 즉시 찬성했다.

"가르쳐만 주신다면 어떤 것이라도 열심히 배우겠어요!"

자신이 육 년여 동안 연마했던 가문의 무공을 한순간에 버리겠다고 말하는 것이다. 그녀는 그 정도로 단운비를 신뢰하고 있는 것이 분명했다.

단운비는 그로부터 두 시진 동안 자신의 머릿속에 있는 수많은 무공 구결을 비교 분석하고 난 후 세 가지 무공을 끄집어냈다.

그것들은 여자가 익히기에 적합한 심법과 검법, 그리고 금나수법이다.

심법은 구대문파 중에서도 손꼽히는 아미파(峨嵋派)의 금정봉선공(金頂鳳禪功)이다.

　원래 금정봉선공은 아미파 장문인의 적전제자에게만 전수되는 것으로, 아미파 내에서도 익히고 있는 승려가 열 손가락 안에 꼽힐 정도로 심오하고 정심한 심법이다.

　단운비가 금정봉선공을 고른 이유는 두 가지인데, 첫째, 아미파는 원래 여승들의 문파이므로 모든 무공이 여자가 연마하기에 적합하다는 것이다.

　그리고 둘째는, 금정봉선공이 귀별금보의 백혈을 빠르게 내공으로 전환시켜 줄 것이라고 믿었기 때문이다.

　한소진을 위해서 고른 검법 역시 아미파의 독문 검법으로, 난파풍십이검(亂波風十二劍)이라고 한다.

　이 검법도 아미파 장문인과 장로들의 적전제자에게만 비전(秘傳)되는 아미파가 자랑하는 절기이다.

　모두 십이 초식으로 이루어진 초식 하나하나가 날카롭고 위력적일 뿐만 아니라 따로 하나씩 독립적으로 연마하고 전개하는 것이 가능하고, 모두 연마했을 경우에는 십이검을 서로 연계하거나 응용해서 전개하여 위력을 가일층 배가시킬 수 있다.

　세 번째인 금나수법은 적하산수(赤霞散手)라는 것으로, 꼬집어서 금나수법이라고 하기에는 애매한 수법이다.

　왜냐하면 이 수법에는 손과 발로 행할 수 있는 모든 초식이 망라되어 있기 때문이다.

　말하자면 장(掌)과 권(拳), 각(脚), 나(拏) 등의 칠십여 초식이 담겨 있으며, 무당파의 대라십팔산수와 더불어서 권각술의 최고봉이라고 할 수 있었다.

이 무공 역시 하나씩 따로 분리되어 있어서 연마와 전개가 용이하고, 모두 익혔을 경우에는 따로 전개할 때보다 서너 배 이상의 위력을 발휘한다.

무림 명문가의 딸인 한소진이 구대문파의 아미파를 모를 리가 없다.

그녀는 단운비가 어떻게 아미파의 절학들을 알고 있는지 몹시 의아하고 또 궁금했으나 묻지는 않았다.

사실 그녀가 궁금한 것은 그것뿐만이 아니다. 그녀는 자신의 신분에 대해서 말했는데도 불구하고 단운비는 아직까지 자신에 대해서 일언반구도 말하지 않았다.

그래서 그가 대체 어떤 신분이며 어쩌다가 이곳으로 끌려온 것인지 한소진은 머릿속으로만 이리저리 무수히 추측할 뿐이었다.

하지만 한소진은 단운비가 결코 사파나 마도 출신은 아닐 것이며, 필경 정파, 그것도 쟁쟁한 문파 출신일 것이라고 굳게 믿었다.

그녀가 그렇게 추측하는 것은 무리가 아니다. 단운비의 공명정대함이나 후덕함, 선한 심성 등을 보면 자연히 알 수 있는 일이다.

단운비는 그로부터 한 달에 걸쳐서 한소진에게 금정봉선

공과 난파풍십이검, 적하산수 등을 전수했다.

원래 그는 무공 하나에 한 달씩 석 달을 예상하고 있었으나 한소진은 불과 한 달 만에 세 가지를 모두 이해하는 것은 물론, 한 달 후에는 직접 운공조식을 시작하고 검법과 금나수법을 전개하기 시작했다.

단운비의 놀라움은 컸다.

그는 한소진이 마치 바싹 마른 모래가 물을 흡수하는 것처럼 무공을 습득하고 연마하는 것을 지켜보면서 그녀가 자신에 필적할 만한 천부적인 자질과 천재성을 지니고 있음을 알게 되었다.

*　　　*　　　*

지옥도에서 오십여 리 떨어진 망망대해 한복판에는 여전히 어마어마한 규모의 거선 '독천' 이 떠 있다.

독천 한가운데의 구 층 누각 꼭대기 층의 활짝 열린 창 앞에는 삼천존이 뒷짐을 지고 선 채 저 멀리 아스라한 지옥도를 응시하고 있었다.

"삼천존님, 어제 드디어 한 놈을 잡아들였습니다."

삼천존 뒤에서 용전주가 공손한 태도와 목소리로 보고했다.

용전주는 과묵한 삼천존의 성격을 잘 알고 있기에 그의 반응을 기다리지 않고 보고를 계속했다.

"북쪽 늪지대 깊숙한 곳에서 발견했습니다. 놈은 평소에는 늪의 우거진 수풀 안 물속에서 대롱으로 호흡하면서 지냈다고 합니다."

삼천존은 눈살을 슬쩍 찌푸렸다. 실종된 세 명 중에서 넉 달 만에 겨우 한 명을 잡아들이고는 대단한 성과를 올린 양 보고하는 용전주가 못마땅해서다. 하지만 역시 삼천존은 과묵함을 깨지 않았다.

"또한 놈은 그동안 죽은 자들의 팔다리를 잘라서 인육(人肉)을 먹거나 짐승이나 벌레를 잡아서 먹었다고 합니다."

'인육' 이라는 말에 삼천존은 슬며시 흥미를 느꼈다. 인육, 즉 사람 고기를 먹어치울 정도라면 지독한 독종이며 그것은 곧 대단한 재목이라는 생각이 든 것이다.

더구나 지옥도에 풀어놓은 이후 다섯 달 동안이나 살아남아 숨어 있었다는 사실도 매력적이다.

"어떤 놈이냐?"

용전주는 삼천존이 처음으로 반응을 보이자 엷게 기쁜 표정을 지으며 즉시 대답했다.

"항주성에서 작은 건달패의 두령을 하던 놈인데 자신의 이름도 모르는 천애고아입니다. 항주성에서는 '살모사' 라고 불렀답니다."

"살모사?"

"놈을 잡아들인 후에 면밀하게 조사와 시험을 해보니 단연 발군의 자질을 가졌습니다."

"아직 행적조차 모르고 있는 두 놈이 더 뛰어난 놈들이다."

삼천존의 일침에 용전주는 찔끔했다. 그러면서 그는 속으로만 중얼거렸다.

'그 두 놈이 아직도 살아 있다면 말이죠.'

"두 놈은 아직 살아 있다."

그때 삼천존이 용전주의 내심을 꿰뚫어 본 것처럼 말하자 그는 가볍게 움찔했다.

"그 두 놈을 잡아들여서 팔대지옥계(八大地獄界)에 입계시켜야만 본좌의 임무 이 단계가 비로소 시작될 것이다."

삼천존이 말하는 '임무'라는 것은 '살비굉규(殺秘宏規)'의 도합 삼 단계를 가리킨다.

즉, 사무살과 삼십육비를 양성하는 계획이다.

일 단계는 천하에서 오백 명의 인재들을 잡아들여 가혹한 환경에서 적자생존을 통해 팔대지옥계에 입계시킬 최소한의 정예 인재를 추려내는 것이다.

이 단계는 오백 명에서 추려낸 정예 인재를 팔대지옥계에서 훈련시키는 과정이다. 그 기간을 최소 삼 년에서 최대 오 년까지 잡고 있다.

삼 단계는 팔대지옥계를 수료한 최정예고수, 즉 '살비(殺秘)'로 하여금 '삼천혈세록(三千血洗錄)'에 올라 있는 무림인들을 암살하게 하는 것이다.

'삼천혈세록'에는 천하 무림 정사마(正邪魔)의 굵직굵직한 인물 삼천 명의 이름이 모조리 올라 있다.

일, 이, 삼, 세 개의 단계 중에서 어느 것 하나 중요하지 않은 것이 없다.

삼천존이 몸을 담고 있는 조직에는 모두 다섯 명의 회주가 있으며, 그들을 일컬어 대천오존(大天五尊)이라고 한다.

대천오존의 세 번째인 삼천존이 맡은 임무는 '살비굉규' 삼 단계다.

조직의 최고 수좌인 대천존(大天尊)을 제외한 나머지 네 명의 천존들은 각자 맡은바 임무가 있다.

그 임무는 어느 것 하나 중요하지 않은 것이 없다.

그들의 네 가지 임무가 완성되는 날이면, 마침내 대천오존이 오랫동안 꿈꾸었던 천지개벽(天地開闢)이 대륙의 역사를 완전히 새롭게 바꾸어놓을 것이다.

"살모사라는 놈을 어떻게 할지 하명해 주십시오."

용전주가 침묵을 깨고 공손하게 말했다.

"팔대지옥계에 들어간 구십이 명은 어떻게 되었느냐?"

파심을 시작한 지 꼭 열흘 만에 백칠십팔 명이 몰살을 당했으며, 간신히 살아남은 구십이 명은 모조리 팔대지옥계에 입계시켰다.

그리고 세 명의 실종자 중에 한 명, '살모사'라는 자가 지옥도 늪지대에 숨어 있다가 어제 붙잡혔다.

이제 남아 있는 실종자는 두 명뿐이다. 아니, 어쩌면 그 둘은 이미 오래전에 죽었을지도 모르는 일이다.

"구십이 명이 팔대지옥계에 들어간 지 오늘로써 칠십삼 일째이며, 그동안 다섯 명이 죽었고 네 명이 제이계(第二界)에 진입했습니다."

삼천존의 회색 눈썹이 슬쩍 찌푸려졌다.

"다섯 명이 죽어? 무엇 때문에 죽은 것이냐?"

"팔대지옥계 내의 무관(武關)들을 통과하는 과정에서 죽었습니다."

"겨우 제일계(第一界)의 무관에서 다섯 명이 죽었다는 것이냐?"

"그렇습니다."

"이런……."

팔대지옥계는 도합 여덟 개의 지옥계(地獄界)로 이루어졌다. 제일계부터 제팔계(第八界)까지다.

그리고 각 계에는 열한 개의 무관이 설치되어 있다.

각 무관에서는 한 가지씩의 무공을 가르쳐 주며, 그것을 십성까지 완벽하게 익혀야지만 그 무공에 해당하는 무관을 통과할 수가 있다.

예를 들어, 제일계 열 개의 무관을 통과하려면 열 종류의 무공을 완벽하게 연마해야만 한다.

그러고 나서 마지막 열한 번째 무관에서는 그 계에서 연마한 열 종류의 무공을 모두 발휘해야만 통과할 수 있다.

열한 번째 무관은 열 개의 무관을 통과하는 것을 모두 합친 것보다 더 어려운 일이다.

그렇게 도합 여덟 개의 '계', '팔십팔 무관'을 가장 먼저 통과하는 네 명이 사무살이 되고, 그다음에 순서대로 삼십육 명을 선발하여 삼십육비가 될 터이다.

지옥도에서 마지막까지 살아남은 구십이 명은 후최면적살술이 깨끗이 풀린 상태에서 팔대지옥계에 던져졌다.

팔대지옥계를 통과하기 위해 그곳에서 가르치는 무공을 배우려면 무엇보다 맑은 정신이 필요하기 때문이다.

그들이 제정신을 찾고도 팔대지옥계를 통과하려고 전력을 다하는 데에는 그만한 이유가 있다.

무척이나 단순하면서도 분명한 명제(命題)다.

살아남아서 자유(自由)를 찾기 위해서다.

"게다가 칠십삼 일 동안 고작 네 명 만이 제이계에 진입했단 말인가? 허허, 이거야……."

삼회주의 말은 용전주를 질책하는 것이 아니라 너무 어이가 없어서 그러는 것이다.

"이런 식이라면 대체 어느세월에 사무살과 삼십육비를 얻어서 살비굉규의 삼 단계를 시작한다는 말인가?"

용전주는 아무 말도 하지 않고 삼천존 뒤에 약간 허리를 굽힌 자세로 시립해 있었다.

그로서는 아무런 할 말이 없다. 팔대지옥계는 삼천존 휘하의 또 하나의 전(殿)인 호전(虎殿) 소관이기 때문이다.

용전주는 단지 팔대지옥계의 현재 상황을 삼천존에게 보고하는 것뿐이다.

"용전주."

삼천존의 목소리가 깊숙이 가라앉았다.

"그 두 놈을 계속 찾아라."

그의 목소리에는 지난번처럼 확신이 깔려 있지 않았다. 그는 아마도 실종되었거나 죽었을 두 명에게 막연하게나마 희망을 걸고 있는 듯했다.

용전주는 아무 말도 하지 않았으나 가슴이 답답해졌다.

마지막 생존자 구십이 명을 팔대지옥계에 던져 넣은 후, 칠십삼 일 동안 수하 삼백 명을 풀어서 지옥도를 마치 먼지를 털어내듯이 샅샅이 뒤진 끝에 어제 살모사라는 놈을 가까스로 찾아냈다.

그래서 용전주는 앞으로 칠십삼 일, 아니, 칠십삼 년 동안 지옥도를 뒤진다고 해도 두 명의 실종자를 찾아낼 수 없을 것이며, 그들은 이미 오래전에 죽었을 것이라고 확신하고 있었다. 그런데 그들을 계속 찾으라는 명령을 받았다.

하지만 그는 공손히 허리를 굽혔다.

"존명."

　삼천존은 심중에 담겨 있는 말을 내뱉지 않고 속으로만 중얼거렸다.

　'만약 그 두 놈이 지옥도 어딘가에 살아 있다면 지상 최고의 살수가 될 것이다.'

第二十章

동굴남녀(洞窟男女)

흘러가는 세월의 빠름은 달려가는 말을 문틈으로 내다보
는 것과 같다고 했다[隙駒光陰].

단운비가 동굴 속에서 생활한 지 벌써 일 년이라는 세월이
쏜살같이 흘렀다.

항주성에서의 석 달 보름여를 합치면, 낙양의 신룡문을 떠
난 지 일 년 하고도 석 달 보름이 되었다.

그는 집을 떠난 후 햇수를 이 년을 넘겨서 이제 십구 세가
되었다.

예전보다 키가 더 커지고 골격이 강인해졌으며 전체적으
로 완벽에 가까운 균형 잡힌 몸매라서 소년다운 모습은 어디

에도 찾아볼 수가 없다.

한소진은 단운비와 동굴에서 함께 지낸 지 여덟 달 하고도 열흘쯤 지났다.

십칠 세가 된 한소진의 외모는 예전과는 판이하게 다른 모습이 되었다.

키가 반 뼘쯤 더 커졌으며 젖가슴은 풍만하게 단단해졌고, 한 줌밖에 안 될 듯한 잘록한 허리와 탄력이 넘치는 둔부, 훨씬 길어지고 늘씬해진 다리 등, 완연하게 성숙한 여인의 모습으로 변모했다.

변모한 것은 외모만이 아니다. 그녀는 단운비가 가르쳐 준 세 가지 무공, 즉 금정봉선공과 난파풍십이검, 적하산수를 완벽하게 연마했다.

그녀는 단운비를 졸라서 두 가지 무공을 더 배우게 되었는데, 그것은 삼백여 년 전에 사라진 신비의 문파 소양문(霄壤門)의 소양신장(霄壤神掌)과 나부파(羅浮派)의 백운비행(白雲飛行)이라는 경공술이다.

그런데 그녀는 그 두 가지마저도 이미 팔성까지 연마를 한 상태다.

그녀의 자질과 천재성은 처음에 단운비가 알고 있던 것보다 훨씬 더 뛰어난 것이었다.

단운비는 원래 대라십팔산수를 십이성까지 완벽하게 터득했었는데, 한소진을 가르치고 그녀의 상대 역할을 해주느라

본의 아니게 그녀가 배운 무공들까지 모두 익히게 되었다.

그래서 굳이 자신을 위해서 다른 무공을 배우지 않고 그것들을 전력을 다해서 연마하여 현재는 모두 완벽한 경지에 도달한 상태다.

동굴 내부의 모습도 크게 변했다. 예전에는 천장에 고드름처럼 빼곡하게 늘어져 있던 종유석들은 지금은 하나도 남아 있지 않아서 천장이 예전의 이 장에서 사 장 높이로 훨씬 높아졌다.

두 사람이 무공 연마를 할 때에 종유석이 거치적거리기도 하고, 또 종유석을 잘라서 검 대신 사용하다 보니 언젠가부터 모두 사라지게 되었다.

사방의 진흙 벽도 넓게는 일 장여, 짧게는 반 장 남짓씩 물러나서 많이 넓어졌다.

지난 일 년 동안 한소진이 대변을 본 것을 단운비가 진흙에 싸서 내다 버렸기 때문에 사방의 진흙 벽이 넓혀진 것이다.

단운비와 동거를 시작한 후 한소진은 헤엄치는 것을 배워서 제법 능숙해졌지만, 연못 아래 수중 동굴 안에서만 왔다 갔다 반복할 뿐 강으로 나간 적은 한 번도 없다.

수중 동굴 내에서 대변을 보면 오물이 강으로 잘 흘러나가지 않는다.

설혹 흘러나간다고 해도 오물이 강 수면으로 그대로 떠올라서 이곳을 노출시키게 되기 때문에 그것을 단운비가 용납

할 리가 없다.

단운비는 항상 강 상류로 올라가서 강바닥의 무성한 수초 속에서 용변을 본 후에 그것을 기술적으로 잘 흩어놓기 때문에 오물이 덩어리째 수면으로 떠오르는 일은 없다.

한소진은 헤엄을 잘 치게 된 이후에도 강으로 나가 대변을 보지 않고 언제나 동굴 내에서 보기를 고집했다.

그녀가 강으로 나가지 않으려는 이유는, 단운비와 멀리 떨어지는 것을 꺼려하고 또 혹시 바깥에 나갔다가 잘못되어 변을 당할 수도 있음을 크게 염려하기 때문이었다.

그것을 잘 알고 있는 단운비는 그녀에게 강에서 대변을 보라고 끈질기게 강요하지는 않았다. 자신이 조금만 수고를 하면 해결될 일이기 때문이다.

동굴의 가장 후미진 곳 구석에는 특이한 형상의 침상이 놓여 있었다.

침상이라고 해봤자 흙을 쌓고 돋우어 바닥에서 한 자 높이로 침상 크기의 사각을 만들고, 그 위에 부드러운 수초 말린 것을 고르게 깔아놓은 정도다.

볼품없지만 그곳은 단운비와 한소진 두 사람이 휴식을 취하는 공간이다.

그곳에 마주 보고 앉아서 운공조식을 하던가 함께 잠을 자는 곳이다.

두 사람은 이곳에서 동거를 시작한 지 보름 만에 함께 자기로 했다.

그 당시의 한소진은 몸이 허약했기 때문에 밤에 잘 때 추위를 탔고, 또 두 사람이 서로에 대해서 볼 것 다 보고 알 것 다 아는 처지이기 때문에 구태여 따로 잘 이유가 없다고 판단했던 것이다.

사실은 어느 날 밤에 잠을 자다가 추위와 무서움, 외로움 때문에 한소진이 단운비의 품속으로 파고든 것이 최초로 서로 부둥켜안은 채 잠을 자게 된 계기였다.

물론 두 사람은 아직까지도 육체관계는 가지지 않았다.

단운비가 원하기만 하면 한소진은 언제든지 받아들일 준비가 되어 있었다.

아니, 언제인가부터는 그를 간절하게 원하기 시작했는데 그가 꿈쩍도 하지 않았다.

그래서 그 이후에는 서로 안고 자는 것이 당연시돼 버렸으며 오히려 떨어져서 자면 뭔가 허전하고 이상했다.

휘익! 휘이익!

파파팟! 사사사삭!

동굴 내에서 갖가지 파공음이 한데 뒤섞여서 마구 흘러나오고 있다.

단운비와 한소진이 한 자 길이의 나뭇가지를 쥐고 비무를 하고 있는 중이었다.

두 사람의 비무를 다른 사람이 본다면 두 가지를 느끼게 될 것이다.

첫째는 두 사람이 서로 원수지간이라서 사생결단으로 싸우고 있다는 사실.

둘째는 두 사람의 무공 수위가 일류고수 이상이라고 여길 것이라는 사실이다.

그 정도로 두 사람은 실전 이상으로 치열하게 비무를 하고, 또 두 사람의 나뭇가지와 온몸에서 쏟아져 나오는 공격과 방어는 무림의 일류고수를 능가하는 수준이었다.

두 사람은 몸을 이동하는 데에만 내공을 사용하고, 초식을 전개할 때에는 내공을 전혀 사용하지 않는다.

두 사람이 전개하는 초식에 내공이 담길 경우 동굴이 파괴되어 남아나지 않을 것이고, 그 소리가 외부로 흘러나갈지도 모르기 때문이다.

두 사람이 펼치는 나부파의 경공 백운비행은 말 그대로 두 개의 구름이 허공을 비행하듯이 동굴 실내를 순식간에 가로지르며 여기저기에서 번쩍번쩍했다.

두 사람의 비무에는 한 가지 특색이 있었는데, 상대가 공격을 가하면 맞부딪치지 않는다는 사실이다.

상대의 공격을 슬쩍슬쩍 피하거나 오히려 피하면서 반격을 가했다.

공격을 막지 않는 이유는 간단하다. 그럴 경우에는 어렵게

구한 나뭇가지가 부러지기 때문이다.

두 사람에게선 여러 무공이 마구 쏟아져 나왔다. 그들은 난파풍십이검과 적하산수, 소양신장에 통달했기 때문에 오른손의 나뭇가지로는 난파풍십이검을 자유자재로 전개하는 동시에 왼손으로는 소양신장을, 그리고 양발로 적하산수를 전개하는 신기를 보여주고 있다.

두 사람이 한꺼번에 휘몰아쳐 오는 각기 다른 세 가지 공격을 피하는 것도 놀랍지만, 그 와중에 반격을 가한다는 사실은 더욱 놀라운 일이다.

그들의 비무는 얼핏 보기에도 단운비가 한소진보다 한 수 위인 것은 분명했다.

물론 두 사람이 지금 현재도 실오라기 하나 걸치지 않은 알몸인 것은 당연하다.

"그만."

처척!

단운비가 한소진이 난파풍십이검의 사초식과 구초식을 한꺼번에 섞어서 전개하는 공격과, 왼손으로 할퀴듯이 뿌려내는 적하산수를 피하면서 나직이 외치자 두 사람은 동시에 마주 보는 자세로 바닥에 가볍게 내려섰다.

"하아아… 하아……!"

한소진은 비 오듯이 땀을 흘리며 두 팔을 늘어뜨리고 어깨를 들먹이면서 가쁜 숨을 몰아쉬었다.

예전에 비해서 두 배 가까이 커진 탱탱한 젖가슴이 파도처럼 출렁였다.

하지만 단운비 눈에는 그런 것이 전혀 들어오지 않고 아무런 느낌도 없다.

그는 숨소리만 듣고도 한소진이 극도로 지쳤다는 사실을 깨닫고 비무를 멈춘 것이다.

한 시진 동안 한시도 쉬지 않고 전력으로 비무를 했으니 지치는 것도 당연하다.

"학학학… 오라버니가 멈추지 않았으면… 숨 막혀서 죽었을 거야."

한소진은 나뭇가지를 버리고 두 팔을 앞으로 뻗은 채 비틀거리면서 걸어와, 두 팔로 그의 목을 안으면서 털썩 품에 쓰러지듯이 안겼다.

"허허, 이 녀석이 엄살만 늘었구나."

단운비는 그녀를 품에 안고 등을 가볍게 토닥이면서 나직이 웃었다.

"학학학! 오라버니가 너무 강해서 내가 더 지친 거니까 오라버니가 책임져야 돼."

한소진은 응석을 부리면서 두 팔로 그의 허리를 바싹 끌어안고 뺨을 가슴에 비비며 쌔근거렸다.

"알았다. 내가 책임져 주지."

한소진의 터질 듯이 풍만한 젖가슴이 단운비의 가슴을 짓

누르고, 음경이 그녀의 음부에 닿아 문지르고 있으나 그는 아무렇지도 않았다.

그녀와 팔 개월 이상 부대끼면서 함께 생활한 그는 확실히 그녀를 극복한 것이 분명했다.

한 시진 동안의 전력을 다한 비무로 단운비도 많이 지쳤으나 한소진 정도는 아니다. 그러므로 내공도 단운비가 한소진보다 높은 것이 사실이다.

단운비는 한소진을 번쩍 안아다가 침상에 눕히고 어깨를 다독거렸다.

"한숨 자고 일어나면 괜찮을 게다."

"오라버니도 같이 자."

한소진은 일어나려는 단운비의 팔을 붙잡고 늘어졌다.

단운비는 마치 귀여운 누이동생을 달래듯 부드럽게 머리를 쓰다듬어 주었다.

"나는 먹을거리를 좀 구해와야겠다."

'먹을거리'라는 말에 한소진은 더 이상 단운비를 붙잡지 못했다.

두 사람은 하루에 한 끼를 정오 무렵에 먹는데, 한소진이 단운비보다 먹성이 훨씬 더 좋아서 먹을거리를 웬만큼 잡아와서는 그녀 한 사람 몫으로도 부족하다.

"나도 혈와 두어 마리 잡아놓을게."

단운비가 동굴 내의 작은 연못 속으로 하체를 담그는 모습을 보면서 한소진은 눈을 반쯤 감은 채 나른한 얼굴로 중얼거렸다.

단운비는 빙그레 미소 짓고는 연못 아래로 사라졌다.

한소진은 연못에 파문이 이는 것을 바라보다가 사르르 눈을 감고 잠에 빠져들었다.

그와 함께 혈와, 즉 뿔개구리 두어 마리를 잡아둔다는 말도 꿈속으로 사라져 버렸다.

한소진은 단운비와 동거를 시작한 지 한 달이 조금 넘었을 때부터 말을 놓았다.

사람 좋고 성격 좋은 단운비와 한 달 남짓 만에 급속도로 가까워진 탓이다.

두 사람은 생활하는 동안 바깥세상의 상식이나 예의 따윈 까마득히 잊어버렸다.

이곳에서는 바깥세상의 상식이나 예의 같은 것은 추호도 필요하지 않다.

그 대신 자신들만의 생존 방식이 있다. 두 사람은 그것으로 길들여져 있었다.

바깥세상에서는 아무리 금슬이 좋은 부부나 가족이라고 해도 하루 종일 붙어 있지는 않다.

하지만 이곳의 두 사람은 단운비가 사나흘에 한 차례씩 먹을거리를 구하러 다녀오는 반 시진 남짓을 제외하곤 지난 여덟 달 동안 한 몸처럼 붙어 있었다.

그것은 바깥세상의 금슬 좋은 부부가 수십 년 동안 함께 산 시간과 맞먹을 터이다.

그러니 이들 두 사람처럼 가깝고도 친밀한, 그러면서도 특별한 관계를 바깥세상에서는 찾아보기 어려울 것이다.

한소진이 일어났을 때 단운비는 침상 옆 바닥에서 운공조식을 하고 있었다.

그의 옆에 있는 식탁으로 사용하는 널찍한 나무 위에는 귀별금보 한 마리와 대여섯 마리의 큼직한 조개, 그리고 세 마리의 물고기가 놓여 있었다.

귀별금보는 목이 비틀려서 죽었는데, 조개와 물고기도 먹기 좋게 깨끗이 손질이 된 상태였다. 그걸 보면서 한소진은 과연 단운비다운 깔끔함이라고 생각했다.

그녀는 몹시 배가 고팠으나 먹을 것에는 손대지 않고 침상에서 내려와 단운비 옆에 앉아서 운공조식을 시작했다.

그녀는 모든 일을 단운비가 하는 대로만 따라서 하는 습관이 생겼다.

그가 운공을 하면 그녀도 하고, 그가 무공 연마를 하면 비무를 하자면서 덤벼들었다.

그녀가 단운비를 따라서 하지 못하는 것은 몇 가지뿐이다.

예를 들자면, 잠이 많은 편인 그녀는 단운비를 따라서 아침에 일찍 일어나는 것을 하지 못했다.

그 외에는 단운비보다 조금 더 많이 먹는 것과 서서 소변을 보지 못하는 것이 있다.

그리고 마지막으로 단운비를 한 명의 남자로서 사랑하고 있다는 것이 다르다.

한소진은 그가 자신을 여자로 여기지 않는다는 사실을 오래전부터 알고 있었다.

그가 한소진의 몸 은밀한 부위를 보고 음경이 발기한 것은 처음 며칠뿐이었다.

이후부터는 아무리 그녀의 음부를 보고 살을 비비며 그보다 더한 행동을 해도 절대 발기하지 않았다.

아마도 그때부터 그는 한소진을 여자로 여기지 않게 되었을 것이다.

그렇더라도 한소진에게 남자는 단 한 명 단운비뿐이다.

이곳에서 죽을 때까지 살게 되더라도, 아니면 다행히 이곳에서 벗어나 바깥세상에 나가게 된다고 해도 그녀는 평생 단운비만을 사랑하고 따르겠다고 마음속으로 천 번도 넘게 맹세를 했다.

단운비는 운공조식을 끝내고 천천히 눈을 떴다.

지금의 기분은 처음에 내공이 생긴 것을 알게 되었을 때의 기분보다 백 배 이상은 더 좋은 것 같다.

무공이 이런 것이라는 사실을 진작 알았더라면 신룡문에

있을 때 입문했을 것이다.

그는 후회라는 것을 모르는 성격인데 오직 한 가지, 무공을 진작 연마하지 않은 것만은 후회하고 있었다.

'일 갑자인가?'

자신의 단전에 일 갑자, 즉 육십 년의 내공이 축적되어 있다는 사실에 그는 뿌듯함을 맛보았다.

그런 뿌듯함은 무공 연마가 아니고서는 일상생활에서는 일평생 맛보기 어려울 터이다.

그가 자신의 내공이 일 갑자가 됐다고 판단한 이유는, 단전에 십 년짜리 방, 즉 소경방이 여섯 개가 되었다가 오래지 않아서 하나의 커다란 방 대경방이 되는 것을 생생하게 느꼈기 때문이다.

그리고 이후에 대경방 옆에 소경방이 하나 더 생겼으며 현재 그곳에 내공이 축적되고 있는 중이다.

그러므로 그의 내공은 일 갑자를 상회한다고 할 수 있었다.

일 년 전까지만 해도 십 년이 채 되지 않았던 그의 내공이 일 년 사이에 일 갑자로 증진된 가장 큰 이유는 뭐니 뭐니 해도 귀별금보의 백혈 덕분이다.

그가 이 섬에 납치된 직후에 이곳 동굴을 발견한 것과 귀별금보를 양식으로 삼을 수 있게 된 것은 수많은 악조건 속에서 건진 천행 중에서도 천행이었다.

그는 자신의 우울했던 짧은 인생 중에서 그 두 가지와 항주성 하구촌의 불꼬챙이, 즉 손교와 흑곰, 청산을 만났던 것, 그리고 이곳에서 한소진을 만난 네 가지를 인생 최고의 행운으로 여기고 있었다.

귀별금보를 얻지 못했더라면 단운비의 지금의 생활과 계획은 크게 변했을 것이다.

그렇다고 해도 자신을 낙양성과 항주성에서 납치했던 두 괴인물에 대한 복수심은 사라지지 않겠지만, 복수하는 방법 때문에 고심했을 것이고, 이룰 수 없는 복수심에 괴로워서 몸부림을 쳤을 터이다.

하지만 귀별금보 덕택에 그는 복수가 불가능한 것만은 아니라고 믿게 되었으며, 지금은 그것을 위해서 매일 전력을 다하고 있다.

언젠가는 반드시 복수를 할 것이라는 희망이 없다면, 이곳에서의 그의 삶은 지옥 같았을 것이다.

그는 자신의 체내에 아직 내공으로 전환되지 않은 귀별금보의 백혈이 얼마나 있는지 모르고 있다.

아니, 어쩌면 이미 백혈은 모두 내공으로 전환됐는지도 모르는 일이다.

귀별금보라는 영물이 강에 나가기만 하면 지천으로 널려 있는 것이 아니다.

영물이 왜 영물이겠는가. 보통 자라는 강에 수초만큼이나 흔하지만 귀별금보는 운이 좋아야 며칠 만에 한 마리 발견하는 것이 고작이다.

그나마도 단운비가 하도 잡아서 근래에 들어서는 귀별금보의 씨가 말라 버린 것 같았다.

어떨 때는 닷새가 지나도록 한 마리도 구경하지 못하는 경우가 허다했다.

더구나 한소진이라는 입이 하나 더 늘었으므로 단운비의 몫은 그만큼 줄어들었다.

어쨌든 단운비의 내공이 급속도로 증진되는 이유의 팔 할은 귀별금보의 백혈 덕분이고, 나머지 이 할은 뇌정심법의 우수성 덕택인 것만은 분명하다.

눈을 뜬 단운비는 자신의 곁에 한소진이 거의 붙듯이 앉아서 운공조식을 하고 있는 것을 발견하고 빙그레 미소를 머금었다.

며칠 전에 한소진은 다섯 개째의 소경방이 채워지고 있는 중이라고 말했다. 그렇다면 그녀의 내공은 오십 년에 가깝다는 뜻이다.

단운비나 한소진은 한창 혈기왕성한 젊은이다. 이런 좁은 곳에서 감옥살이를 하는 것처럼 지내는 것은 실로 견디기 어려운 고역이 아닐 수 없었다.

그런데도 한소진이 싫은 내색 없이 잘 참고 있는 것을 보고 단운비는 그녀가 기특하면서도 안쓰러움을 느꼈다.

하지만 그는 일 년이 지났으나 아직은 이곳을 나갈 때가 아니라고 생각하고 있었다.

지난날의 그는 개봉의 기루에서 술에 취해 있다가 납치당해서 항주성 거지촌에 버려졌던 뼈아픈 기억이 있다.

그것이 그의 인생을 완전히 뒤틀어놓았다.

아니, 지금 생각하면 꼭 그렇지만은 않다. 납치를 당하지 않았더라도 그의 인생은 별로 달라지지 않았을 것이다.

정혼녀인 남보 금검보의 소보주 독고연지와의 정략혼인을 깨뜨리기 위해서 여전히 거짓된 삶을 살고 있을 터이다. 그렇게 하는 것이 그가 자신의 위치에서 할 수 있는 전부였기 때문이다.

매일 술에 취해 있는 것으로도 모자라서 기녀들 품속에서 뒹구는 거짓 모습을 보여야 하고, 스스로의 천재성을 감추면서 천하에 다시없는 파락호처럼 행동하는 생활에서 벗어나지 못했을 것이다.

그 빈껍데기의 삶을 얼굴도 모르는 인물이 완전히 뒤바꾸어 놓았다.

그로 인해서 단운비는 자신의 거짓된 삶에서 벗어날 수 있게 되었다.

그렇더라도 누군가 그를 두 번씩이나 납치한 것과, 이런 처절한 곳에 내버린 것은 결코 용서할 수 없는 일이었다.

그의 인생은 그 자신의 것이다. 그러므로 타인이 마음대로 그의 인생을 좌지우지할 수 없다. 더구나 사육당하는 것 같은 삶은 더욱 견디기 힘들다.

하지만 그렇게 해서 얻게 된 새로운 생활과 정신세계는 너무도 소중하다.

그는 기필코 이곳에서 살아 나가서 자신을 납치한 자들에게 복수를 할 계획이다.

그렇게 하려면 추호의 실수라도, 터럭만 한 실수라도 해서는 안 된다.

그는 괴인물이 아직도 자신과 한소진을 포기하지 않았을 것이라고 단정하고 있으며, 그렇게 단정하는 데에는 그럴 만한 충분한 근거가 있었다.

그는 귀별금보를 구하기 위해서 강 상류의 수초가 우거진 곳으로 자주 가는데, 그럴 때 가끔 강 밖 언덕이나 절벽 위를 빠르게 내달리는 인물들을 발견하곤 했다.

그가 무성한 수초 속에 완전히 몸을 감춘 채 자세히 살펴보면, 그들은 후최면작술에 의해 조종되는 자들하고는 전혀 다른 모습이었다.

짙은 흑의나 홍의, 갈의를 입고 무기를 지닌 자들이 놀라운 경공술을 전개하는 것을 보면 그들은 괴인물과 관계되는 자들이 분명했다.

또한 그들이 무언가를 찾는 듯 주위를 날카롭게 살피는 것은, 단운비와 한소진을 찾고 있는 것이라는 확신을 갖게 해주었다.

단운비는 귀별금보를 잡으러 갔다가 벌써 다섯 차례 정도 그런 인물들을 발견했다.

그것은 괴인물이 아직도 단운비와 한소진을 포기하지 않았다는 증거이기도 했다.

괴인물이 일 년 동안 이 섬을 뒤진다면 단운비는 이 년 동안 동굴 속에서 꼼짝도 하지 않을 것이고, 삼 년을 뒤진다면 육 년 동안 죽은 듯이 기다릴 각오다.

하지만 시간을 허비할 생각은 죽어도 없다. 괴인물이 완전히 물러가기를 기다리는 동안 조금이라도 더 강해지기 위해서 전력을 다할 생각이다.

지금으로선 그가 할 수 있는 일이 그것뿐이다.

그런 점에서 보면, 한소진이 그에게 와준 것은 정말 눈물겹도록 고마운 일이다.

그녀가 벗이 되어주지 않았더라면 아무리 수양심과 복수심이 깊은 단운비라고 해도 처절한 고독 때문에 미쳐 버렸거나 아니면 죽을 만큼 힘들었을 것이다.

그래서 그는 자신이 강해지는 것은 물론, 한소진도 고강해지도록 전력을 다하고 있었다.

단운비는 한소진이 지난 여덟 달 이상 동안 묵묵히 잘 버텨준 것을 고마워하고 있으나, 실상 한소진은 이곳 생활이 너무나도 행복했다.

모든 것은 생각하기 나름이다. 그녀가 단운비를 만나기 전까지는 죽음과의 사투, 처절한 공포와 고독 때문에 예전 집에서의 평화로웠던 생활을 한시도 그리워하지 않는 적이 없었다.

하지만 단운비와의 동거가 시작된 이후 그녀는 자신을 괴롭히던 모든 것들로부터 자유로워졌으며, 지금 생활에 전적으로 만족하고 있다.

자유로운 몸이 되어 집으로 돌아가기를 지금도 간절하게 원하고 있었다.

그러나 집으로 돌아가는 대신에 단운비와 헤어지게 된다면 결단코 집에 돌아가지 않을 것이다.

한평생을 살아가는 목적이 '행복'을 찾고 또 그것을 영위하는 것이라면, 그녀는 이미 그 목적을 달성했으며 한껏 누리고 있는 중이었다.

단운비와 함께 있을 수만 있다면, 그곳이 어디고 어떤 상황이든 한소진은 행복할 수가 있다.

그 반대로 단운비와 함께 있을 수 없다면, 그곳이 천당이라고 해도 그녀는 불행의 극을 맛보게 될 터이다.

다시 말해서, 그녀에게 단운비는 행복 그 자체이며, 그녀를 완성시키는 모든 것이었다.

그러므로 그녀가 이 좁은 공간에서 군소리없이 지난 여덟 달 이상 동안 지냈던 것은 고통이 아니라 행복한 시간이었던 것이다.

그때 운공조식을 끝낸 한소진이 눈을 뜨다가 자신을 물끄러미 응시하고 있는 단운비와 시선이 마주쳤다.

"헤에……."

한소진은 귀여운 몸짓과 표정을 지어 보이면서 혀를 날름 내밀었다.

그것은 단운비가 몹시 좋아하는 몸짓과 표정인데, 그녀는 그 사실을 모르고서 어색할 때나 기분이 좋을 때, 배가 부를 때, 무언가 원하는 것이 있을 때 등등 시도 때도 없이 하루에도 몇 차례나 반복하고 있었다.

두 손을 맞잡고 팔을 배꼽 아래로 쭉 뻗으면서 뒤집듯이 꼬면, 그렇지 않아도 풍만한 젖가슴이 한가운데로 몰려서 터질 듯이 튀어나오고, 그 상태에서 고개를 약간 갸우뚱하면서 바보 같은 표정을, 그러나 다른 사람들이 보면 필경 백치미(白痴美)라고 입을 모았을 그 표정을 지으면서 혀를 날름 내민다.

단운비는 한소진이 그런 몸짓과 표정을 짓는 것이 너무도 귀여워서 그녀가 무슨 잘못을 했더라도 그냥 넘겨 버리는 일이 종종 있었다.

"에고고, 오라버니 기다리다가 운공조식 한 번 했더니 배고파서 죽을 지경이야."

풀썩!

한소진은 과장된 표정과 몸짓을 지으며 단운비 무릎으로

상체를 쓰러뜨려 누우면서 앓는 소리를 했다.

"자, 일어나서 먹자."

단운비는 한소진을 부드럽게 일으켜서 앉힌 후에 먹을거리가 차려져 있는 널찍한 나무를 번쩍 들어서 두 사람 사이에 내려놓았다.

그는 침상 아래에 놓여 있는 한소진의 단검을 집어 우선 귀별금보의 목을 싹뚝 자르고 피가 나오지 않게 몸뚱이 쪽의 목을 손가락으로 틀어쥐고는 한소진에게 내밀었다.

"자."

한소진은 익숙한 동작으로 두 손을 내밀어 귀별금보 목에서 행여 피가 나올세라 조심스럽게 붙잡고는 얼른 입으로 가져갔다.

그리고는 천금이라도 되는 양 한 방울도 흘리지 않으려고 애쓰면서 귀별금보를 위로 향하게 하고는 쪽쪽 맛있게 빨아 마셨다.

그녀가 이처럼 조심스럽게 귀별금보의 백혈을 마시는 이유는 단운비가 그 효능에 대해서 자세하게 설명을 해주었기 때문이다.

원래 한소진은 자신의 내공이 너무 얕아서 운공조식보다는 초식 연마에 더 열성적이었다.

그것을 보고 단운비가 운공조식도 신경을 쓰라고 타이르라 치면, 그때만 잠깐 운공조식을 하는 듯하다가 다시 초식 연마에 매진했다.

그래서 결국 단운비는 귀별금보의 백혈이 지닌 효능에 대해서 그녀에게 설명할 수밖에 없었다.

운공조식을 많이 하면 할수록 귀별금보의 백혈을 내공으로 전환시킬 수 있다는 말을 들은 한소진은 그때부터 운공조식과 초식 연마를 균등하게 하기 시작했다.

그리고 그때 그녀는 한 가지 사실을 크게 깨달았다.

그동안 단운비가 그녀에게 귀별금보의 백혈을 되도록 많이 먹이려고 몹시 애를 썼으며, 그래서 자신이 단운비보다 훨씬 더 많은 백혈을 먹었다는 사실이다.

또한 그것은 단운비가 진심으로 그녀를 위하고 있다는 사실을 증명하는 것이기도 했다.

감동이란 언제나 가슴을 저미고 또 따뜻하게 만든다. 또한 사람의 가슴은 아무리 많은 감동을 받는다고 해도 질리지 않고 그 벅참이 과소평가되지도 않는다.

그 이후 한소진의 행동에 하나의 변화가 생겼다. 단운비가 주는 대로 귀별금보의 백혈을 넙죽넙죽 받아먹지 않고 되도록 그가 더 많이 먹을 수 있도록 배려를 하게 되었다는 사실이다.

그럴 때면 단운비가 은근히 그녀를 꾸짖으며 더 먹으라고 하지만, 그것이 단운비의 희생임을 알게 된 그녀가 어찌 예전처럼 넙죽넙죽 받아 마실 수 있겠는가.

지금도 그녀는 많이 과장된 몸짓으로 흡사 자신이 꽤 많은 백혈을 마시는 듯한 동작을 취하고 있다.

그래도 단운비는 그녀가 매번 귀별금보의 백혈을 삼 할에서 사 할밖에 마시지 않는다는 사실을 알고 있었다.

"크으으… 오늘따라 백혈이 유난히 맛있어서 너무 많이 마신 것 같아. 미안해, 오라버니. 헷헷헷!"

한소진은 일부러 너스레를 떨면서 귀별금보의 목을 손가락으로 꼭 누른 채 단운비에게 내밀었다.

그녀가 이렇게 나올 때는 단운비는 극단의 조치를 취할 수밖에 없다.

그는 손을 내밀어 한소진이 내미는 귀별금보를 잡으면서 동시에 다른 손을 번개같이 뻗었다.

파파팍!

"아!"

다음 순간 그의 손가락이 순식간에 한소진의 한쪽 어깨와 팔꿈치, 턱 아래 세 군데 혈도를 찔러 마혈을 제압했다.

"오라버니, 이건 비겁해."

단운비가 한소진의 상체를 잡아 자신의 품속에 눕히자 그녀는 샐쭉해서 뾰족하게 외쳤다.

그러나 단운비는 대꾸하지 않고 빙그레 미소 지으면서 그녀의 입을 벌리게 한 뒤 귀별금보의 백혈을 한 방울도 남기지 않고 모조리 먹여주었다.

“다음번에 또 당하는지 두고 봐. 흥!”

단운비가 혈도를 풀어주자 한소진은 상체를 발딱 일으키고는 코가 떨어져 나가도록 냉소를 쳤다.

그렇지만 말하고는 달리 그녀는 단운비의 어깨에 뺨을 기대고는 손으로 그의 가슴을 만지작거리면서 더할 수 없는 행복을 만끽했다.

잠시 그대로 있다가 그녀는 입술을 꼭 깨물고는 그동안 벼르고 별렀던 말을 꺼냈다.

“오라버니는 나의 모든 것이야.”

단운비가 말없이 자신의 머리카락을 부드럽게 쓰다듬기만 하자 한소진은 눈을 상큼 치뜨면서 그를 바라보았다.

“오라버니에게 나는 뭐지?”

이렇게 묻기 전에 단운비가 적절한 말을 해주기를 바라고 있었으나 목석같은 그가 그런 것을 알 턱이 없어서 그녀는 아예 밥상을 차려준 것이다.

그녀는 지금까지 단운비에게 단 한 번도 자존심 같은 것을 내세운 적이 없다.

이곳에서는 자존심이나 그와 비슷한 것들이 필요하지도 않을뿐더러 그래 봤자 그녀 자신만 손해다. 여자에 대해서는 아무것도 모르는 단운비라서 그녀의 심경 변화를 추호도 눈치채지 못하는 것이다.

“진아 너는 나의 모든 것이지.”

“헤헤, 기분 좋다.”

단운비의 대답이 어느 정도는 진심일 것이다. 하지만 그 나머지는 한소진 자신의 강요에 의한 의무적인 대답이라는 것을 알고 있다.

하지만 그래도 기분이 좋다. 단운비에게 ‘너는 나의 모든 것’이라는 말을 들었고, 어느 정도는 진심이라는 것을 알기 때문이다.

그런데 단운비가 더욱 부드럽게 한소진의 머리카락을 쓰다듬으면서 온화한 목소리로 말했다.

“진심이다.”

“……!”

순간 한소진의 온몸과 마음이 얼어붙어 버린 듯 경직됐다.

그녀는 눈을 크게 뜨고 가만히 있다가 이윽고 스르르 일어나 단운비의 허벅지에 다리를 벌리고 마주 보는 자세로 걸터앉았다.

그것은 두 사람이 아무것도 하고 있지 않을 때 한소진이 즐겨하는 자세다.

그렇게 하면 단운비와 온몸을 밀착시킬 수 있고 또 얼굴을 가까이에서 마주 대할 수 있기 때문이다.

한소진은 너무도 놀라고 감동한 표정을 지으며 두 손으로 단운비의 뺨을 감싸면서 그의 눈을 똑바로 주시했다.

“오라버니, 다시 한 번 나를 똑바로 보면서 말해봐. 방금

한 말 진심이야?"

단운비는 커다란 두 손을 뻗어 그녀의 엉덩이를 감싸듯 끌어당기며 빙그레 미소 지었다.

"내게 너는 이 세상 어떤 사람보다 소중한 존재다."

"……."

한소진은 아무 말도 하지 못했다. 그저 온몸이 벼락을 맞은 듯 바르르 격렬하게 떨렸으며, 얼굴이 씰룩거리더니 곧 두 눈에서 눈물이 펑펑 쏟아졌다.

"나… 나는… 너무 행복해……."

단운비는 그녀의 등을 부드럽게 쓰다듬으며 미소 지었다.

"나도 네가 있어서 행복하단다."

한소진은 금방이라도 가슴이 터질 것처럼 행복해서 어쩔 줄을 몰라 했다.

그녀는 얼굴을 바짝 가까이 가져가서 자신의 입술이 단운비의 입술에 닿게 만들고는 꿈결처럼 속삭였다.

"하나만 약속해 줘."

"뭐든지 말해봐라."

"언젠가는… 나를 부인으로 맞아줘."

그녀로서는 이런 상황이 아니면 할 수 없는 충격적인 말인데도 불구하고 단운비는 조금도 놀라지 않았다.

"그러자꾸나."

"저, 정말?"

“그래.”

단운비는 빙그레 미소 지으면서 고개를 끄덕였다.

그 순간 그는 한 번도 본 적이 없는, 부모들끼리 정략적으로 맺어준 정혼녀 독고연지가 생각났다.

한 번도 본 적이 없는데다 아는 것이라곤 천하제일의 미모와 총명함을 지녔다는 사실밖에는 모르는 여자이기에 그녀에 대한 미안함이나 다른 감정은 없다.

그는 장차 혼인을 하게 된다면 자신이 정말로 사랑하는 여자와 하고 싶었다.

그는 한소진을 사랑하고 있다. 남녀 간의 그런 사랑보다 훨씬 크고 숭고한 사랑이다.

한소진은 단운비의 대답을 듣는 순간부터 이미 제정신이 아니다.

그녀는 언제부턴가 두 팔로 단운비의 목을 감고는 입술을 비벼대고 있었다.

그녀가 흘린 눈물이 단운비의 입으로 흘러들어 와 짭짤한 맛을 풍겼다.

“……!”

그때 단운비는 움찔했다. 입속으로 촉촉한 물기를 흠뻑 머금은 한소진의 혀가 미끄러져 들어온 것이다.

그가 어떤 반응을 보이기도 전에 한소진은 그의 혀를 힘껏 빨기 시작했다.

　마치 오랫동안 배고팠던 아기가 엄마의 젖꼭지를 빨듯이 결사적으로 빨아댔다.

　그리고는 온몸을 더욱 밀착시키며 꿈틀거렸다. 아무도 그녀에게 이런 행위를 가르친 적이 없었으나 본능이 눈을 뜨기 시작한 것이다.

　단운비는 한소진의 몸이 뜨겁게 달아오르는 것을 느꼈다.

　그리고 자신의 음경이 오래전 그때처럼 뜨거워지면서 단단하게 커지는 것을 느꼈다.

　그것이 걸터앉은 자세라서 한껏 개방된 한소진의 음부를 정면으로 찌르기 시작했다.

　한소진은 몸을, 아니, 둔부를 움직이면서 단운비가 자신의 몸속으로 들어오기를 간절하게 원했고, 그것을 이루려고 애써 노력했다.

　그리고 그것이 곧 이루어지려 하고 있었다.

　벌떡!

　"진아, 우리 비무하자."

　그때 단운비는 한소진을 안고 힘차게 일어섰다.

　"오라버니……."

　한소진은 여전히 두 다리로 단운비의 허리를 감고 두 팔로는 목을 안고 매달린 채 안타까운 표정을 지었다.

　단운비는 한소진을 몸에서 떼어내며 애써 미소를 지었다.

　"오늘은 한 시진 반이다. 각오해야 할 게다."

한소진은 아쉽고도 서운한 표정으로 단운비를 바라보다가
자신도 모르게 눈길이 스르르 아래로 향했다.

그녀의 시선 끝에서 단운비의 한껏 발기한 음경이 혼자서
흔들리고 있었다.

팅!

"이 녀석아, 뭐가 잘났다고 끄덕거리는 것이냐?"

순간 그녀는 번개같이 손가락으로 단운비의 음경을 팅기
고는 재빨리 뒤로 물러나며 혀를 내밀었다.

"헤헤헷! 제일격 성공!"

第二十一章

두 번째 운명

풍림화산

"어엇?"

연못가에 앉아서 소변을 보고 있던 한소진이 나직한 탄성을 터뜨렸다.

단검으로 혈와각을 다듬고 있던 단운비는 손을 멈추고 의아한 얼굴로 그녀를 쳐다보았다.

"무슨 일이니?"

"월경(月經)이야."

단운비를 등진 채 연못을 향해 쪼그리고 앉아서 소변을 보고 있던 한소진은 뒤돌아보면서 얼굴을 찡그리며 손으로 배를 감싸 안았다.

월경은 여자들이 한 달에 한 차례씩 꼭 치러야 하는 일이고 며칠씩 계속되는데, 그 기간 동안 당사자는 몹시 불쾌한 기분이고 경통(經痛) 때문에 배가 아프며 몸이 찌뿌듯해서 신경이 날카로워진다.

단운비는 빙그레 미소 지으며 한소진에게서 시선을 거두고 하던 일을 계속했다.

지금으로선 그가 한소진을 위해서 해줄 일이 없다. 시간이 지나서 그녀가 지독한 불쾌감과 복통을 호소하면 점혈 수법으로 완화시켜 주는 정도가 그가 할 수 있는 전부였다.

단운비는 한소진과 함께 생활하는 동안 그녀가 여덟 번쯤 월경을 하는 것을 지켜봤다.

어디 숨을 곳이라곤 없는 좁은 공간에서의 동거라는 것은 상대의 모든 것을 보고 또 알 수밖에 없다.

한소진의 용변 보는 모습도 셀 수 없을 만큼 많이 보아온 단운비에게 그녀가 월경을 하는 것쯤이야 대수로운 일이 아니다.

천하에서 이들 두 사람만큼 특별한 관계를 형성하고 있는 사람은 아마도 없을 것이다.

한소진은 월경을 하는 동안에는 무공 연마를 하지 않는다.

그 며칠 동안 그녀는 단운비의 무릎을 베고 누워서 꼼짝도 하지 않는다.

그녀의 말로는 그렇게 하면 불쾌감과 통증이 많이 사라진다는 것이다. 단운비에게서 위로를 받기 때문이다.

그래서 단운비는 한소진이 월경을 하는 동안에는 그녀에게 무릎을 내어준 채 무공 연마를 쉬는 대신 운공조식만 줄기차게 한다.

연못가에 쪼그리고 있던 한소진은 엉거주춤 일어나서 한 손으로 자신의 음부를 꼭 막은 채 어기적거리면서 단운비에게 다가왔다.

그녀의 손가락 사이로 새빨간 피가 흘러나와 허벅지와 종아리를 따라서 바닥에 뚝뚝 떨어졌다.

그녀는 아무 말도 하지 않고 단운비의 무릎을 베고 두 무릎을 가슴에 붙일 정도로 몸을 잔뜩 웅크린 채 그때부터 꼼짝도 하지 않았다.

단운비는 안쓰러운 눈빛으로 그녀를 물끄러미 굽어보다가 시선을 거두고 혈와각 깎는 일을 계속했다.

현재 혈와각은 삼백 개 정도가 모였다. 뿔개구리 혈와를 백오십 마리나 잡아먹었다는 뜻이다.

단운비와 한소진은 무공 연마를 잠시 쉴 때는 '혈각비 놀이'를 하곤 했다.

동굴 맞은편 진흙 벽에 사람 형상을 그려놓고는 '급소 맞히기'를 하는 것이다.

각자 백 개씩의 혈와각을 갖고 가장 빨리, 그리고 많이 급소에 혈와각을 던져서 맞히는 사람이 승리한다.

규칙도 만들었다. 승리하는 사람은 패배한 사람에게 무엇이든 요구할 수 있다.

그래 봤자 단운비가 이기면 노래를 하라거나 춤을 추라는 요구가 전부이고, 한소진이 승리하면 말 타기나 무동 태우기, 아니면 잠잘 때 자장가를 불러달라는 정도였다.

수만 번도 넘게 혈와각을 던져 본 단운비는 어떻게 하면 혈와각을 좀 더 빠르게, 그리고 정확하게 표적에 적중시킬 수 있을지 끝없이 궁리했다.

그래서 혈와각을 여러 모양으로 변형하면서 발전시켜 왔는데, 결국 지금 다듬고 있는 모양이 가장 완벽하다는 결론을 내렸다.

뿔개구리 혈와의 크기에 따라서 혈와각의 크기도 제각각 다르지만 평균 세 치 반 정도 길이에 손가락 절반 굵기다.

혈와각의 양쪽 끝은 워낙 뽀족하기 때문에 더 이상 손댈 필요가 없다.

길이나 굵기도 적당하다. 더 길면 나중에 지니고 다니기에 거추장스러울 것이고, 더 굵으면 속도가 떨어질 것이다.

단운비가 지금 다듬고 있는 부분은 혈와각의 정중앙이다. 원래 둥근 그 부분을 절반 굵기로 납작하게 깎은 다음에 왼쪽으로 갈수록 점점 더 얇게 깎고 뒤집어서 같은 식으로 깎은 후에 복판에 조그만 구멍을 뚫는다.

예전의 혈와각은 일직선으로 날아갔었는데, 지금 완성된 혈와각을 던지면 팽이처럼 맹렬하게 회전하면서 예전보다 두

배는 더 빠르게 쏘아 나간다.

그뿐이 아니라 곡선을 그리기도 하고, 힘을 어떻게 조절하느냐에 따라서 구불구불하게 날아가기도 한다.

그것은 단운비가 발견한 최고의 장점이기도 하다.

예를 들어 맞혀야 할 표적이 멀리 엄폐물 뒤에 꼭꼭 숨어 있다고 하면, 혈와각에 적당한 힘을 주어 던질 경우에 곡선으로 날아가서 엄폐물 뒤의 표적을 정확하게 적중시킬 수 있게 되었다.

이미 시험은 넘치도록 충분히 해봤으며, 단운비와 한소진 둘 다 크게 만족했다.

사각사각.

단운비는 지난 몇 달 동안 틈틈이 혈와각을 다듬어서 지금 손질하고 있는 것이 마지막이다.

이윽고 손질을 마친 그는 혈와각을 찬찬히 살펴보면서 입가에 흐릿한 미소를 머금었다.

"내가 이겼어! 호호홋!"

혈각비 놀이에서 이긴 한소진은 팔짝팔짝 뛰면서 몹시 기뻐하며 소리쳤다.

그녀가 월경을 시작한 지 사흘째. 점혈 수법으로 복통을 완화시켜 주었는데도 계속 우울해 있는 한소진을 위로해 주기 위해서 단운비가 혈각비 놀이를 제안했고, 치열한 접전 끝에 결국 그가 패했다.

물론 그는 처음부터 져주려고 마음을 먹었었다. 그렇게 해서라도 그녀의 우울한 기분을 달래주고 싶었다.

한소진이 걸어가는 곳마다 그녀가 흘린 피가 바닥을 붉게 물들였다.

"흐음… 무슨 벌칙을 내릴까나?"

그녀는 생글생글 웃으면서 고개를 갸웃거렸다. 지금만큼은 월경의 불쾌감을 깨끗이 잊은 듯했다.

짝!

"정했어."

생각난 듯 그녀는 손뼉을 치고 나서 밝은 얼굴로 요구했다.

"오라버니가 귀별금보 한 마리를 잡아와서 내가 보는 앞에서 백혈을 다 마시는 거야."

과연 그녀다운 벌칙을 생각해 냈다.

탁!

"오라버니, 꾸물거리지 말고 얼른 다녀와."

그녀는 의기양양하게 연못 쪽으로 단운비의 등을 떠밀었다.

"알았다. 그동안 너는 한숨 자고 있어라."

단운비는 침상을 가리키며 발을 연못에 담갔다.

그가 연못으로 입수하는 동안 한소진은 연못가에 쪼그리고 앉아서 지켜보았다.

단운비는 머리까지 완전히 물속에 담근 후에 한소진을 올려다보았다.

물이 너무 맑아서 그녀가 환하게 웃으면서 손을 흔들고 있는 모습이 선명하게 보였다.

단운비도 마주 손을 흔들어주고는 수중 동굴 입구로 방향을 잡고 빠르고도 유연하게 유영을 하기 시작했다.

그러면서 속으로 회심의 미소를 지었다.

'귀별금보 두 마리를 잡아오면 진아 이 녀석이 어떻게 나올지 궁금하군.'

수중 동굴을 빠져나온 그는 귀별금보가 자주 출몰하는 상류를 향해 빠르게 헤엄쳐 갔다.

"헤헤, 귀별금보를 잡아오면 오라버니에게 잔뜩 먹여야지."

연못가에 쪼그리고 앉은 한소진은 생각만 해도 흡족한 듯 방글방글 미소를 지었다.

약간 나태한 표정을 지으며 동굴 내를 한차례 둘러보니 그녀가 흘린 피로 바닥이 난리도 아니다.

하지만 그녀는 보고 있을 수밖에 없다. 바닥을 깨끗이 하느라고 돌아다니면서 또 피를 흘릴 것이기 때문이다.

그래서 월경을 하고 있는 동안에는 그녀는 되도록 한군데에 가만히 있어야 한다.

단운비가 돌아오면 언제나 그랬듯이 바닥을 깨끗이 청소할 것이다.

그는 하나에서 열까지 한 번도 싫은 내색을 하지 않고 한소진의 뒷바라지를 해주었다. 그래서 그는 한소진의 생명이고 모든 것이다.

문득 침상 쪽으로 가려고 일어서던 그녀는 자신의 하체가 온통 피범벅인 것을 발견했다.

'아무리 너그러운 오라버니라고 해도 이런 꼴을 좋아하지는 않을 거야.'

그녀는 연못에 바투 쪼그리고 다가앉아서 두 손으로 물을 퍼 올려 몸을 씻기 시작했다.

단운비가 월경 때에는 씻지 말라고 당부했고, 그 이유가 무엇 때문인지도 알고 있으나 지금 한소진은 오라버니에게 깨끗하게 보이고 싶다는 마음이 더 앞섰다.

'피!'

강변에 서서 강을 유심히 살피고 있던 한 명의 홍의단삼인의 눈이 약간 커졌다.

그는 사십대 초반의 나이에 약간 거무튀튀한 얼굴이며, 눈초리가 올라간 날카로운 눈매, 풀잎처럼 얇은 입술을 지니고 있었다.

왼쪽 가슴에 수놓아진 '혈룡(血龍)'이라는 두 글자는 그의 신분을 나타낸다.

용전 휘하에는 다섯 개의 당, 즉 오룡당(五龍堂)이 있으며,

홍의단삼인은 그중에 혈룡당의 당주라는 신분이다.

그의 시선은 칠팔 장쯤 거리의 강 복판에 고정된 상태에서 움직이지 않았다.

그는 수면이 아니라 강물 속을 뚫어지게 주시하고 있다.

칠팔 장의 거리이며 강물 속이지만 고강한 그의 눈에는 물속의 사물이 뚜렷하게 잘 보였다.

또한 강물 속은 여느 강물처럼 투명할 정도로 맑았으나, 그는 강물 속에서 흐릿한 피가 길게 띠를 이룬 채 흐르고 있는 것을 간파했다.

순간 그의 눈이 조금 더 커졌다. 강물 속에서 손톱 크기의 새빨간 핏덩이가 흘러가는 것을 발견한 것이다.

휘익!

더 이상 생각할 것이 없다고 판단한 홍의단삼인, 아니, 혈룡당주는 강에 시선을 고정시킨 채 강변을 따라 상류를 향해 바람처럼 내달리기 시작했다.

그와 동시에 입술을 오므리더니 맑은 새소리를 흘려냈다.

삐리리~ 쪼로롱~

수하들에게 보내는 신호다.

상류로 올라갈수록 피는 조금씩 더 진해졌다. 물론 그의 눈에만 그렇게 보인다. 보통 사람이 보기에는 여느 강과 조금도 다를 바가 없다.

그때 숲과 산 쪽에서 각기 다섯 명씩 열 명의 홍의경장인들이 나는 듯이 혈룡당주를 향해 쏘아왔다.

그들 혈룡당 휘하의 고수들은 혈룡당주를 따르면서 그가 보고 있는 강물 속을 보다가 흐릿한 피를 발견했다.

유속이 비교적 빠른 여울을 지나자 강물이 거의 흐르지 않는 것처럼 고여 있는 소(沼)가 나타났다.

그곳의 강폭은 이십오륙 장으로 매우 넓었고 길이는 무려 삼백여 장에 달했다.

더구나 강이 급속도로 깊어지고 강바닥에 뿌리를 박은 채 수면에 떠 있는 수생식물과 강바닥에서부터 길게 위로 뻗어 흔들리고 있는 수초가 거대한 군락을 이루고 있어서 아래쪽이 잘 보이지 않았다.

혈룡당주는 상류 쪽으로 몇 걸음 더 올라가다가 결국 걸음을 멈추었다.

수심이 너무 깊어서 핏물을 놓친 것이다. 아니, 어쩌면 피가 더 이상 흘러내리지 않는 것인지도 모른다.

이제는 결단을 내려야 할 순간이다. 하지만 생각은 그리 길지 않았다.

자신들이 반드시 찾아내야 하는 실종자가 강물 속에 있을 확률이 단 일 할, 아니, 일 푼밖에 되지 않더라도 무조건 시도해 봐야 하는 것이다.

풍덩!

혈룡당주가 강물로 뛰어들자 열 명의 고수 중 다섯 명이 즉시 그 뒤를 따라 강으로 뛰어들었다.

혈룡당주는 강물 밖에서 대충 눈대중으로 짐작하던 곳으로 빠르게 유영해 나갔다.

여울은 유속이 빠르기 때문에 핏물이 흩어지면서 흐려지지만, 강물이 정체되어 있는 소에서는 핏물이 거의 정지해 있는 상태다.

그러므로 발견하기만 하면 그것이 어디에서 시작되는지 어렵지 않게 알 수 있을 터이다.

혈룡당주와 다섯 명의 수하는 수심 십여 장 이상 되는 물속에 흩어져서 천천히 유영하며 샅샅이 주위를 살펴보았다.

피를 흘리고 있는 것이 물고기거나 수생동물일 수도 있다.

그리고 언제까지나 계속 흘리고 있지는 않을 것이다.

마음이 급해진 혈룡당주는 입을 벌려 강물을 입 안에 가득 머금었다.

육안으로 찾아내는 것과 입으로 피 맛을 느끼는 것 두 가지를 병행하려는 것이다.

그렇게 다섯 호흡 정도의 시간이 흘렀고, 여섯 명은 점점 수심이 깊은 곳으로 진입하고 있었다.

그때 혈룡당주의 혀에 무척이나 흐릿하지만 너무도 친숙한 맛이 느껴졌다.

피 맛이다. 그리고 틀림없는 사람의 피 맛이다. 물고기나 짐승의 피가 아닌 것이다.

거의 고여 있는 것이나 다름이 없는 물에서의 피는 흩어지지 않으므로 일단 감지하면 이변이 일어나지 않는 한 절대 놓치지 않는다.

혈룡당주는 피가, 아니, 피 맛이 흩어지지 않게 하려고 두 발만 움직여서 빠르게 앞으로 나갔다.

잠시 후에 그가 멈춘 곳은 최초에 강물에 뛰어든 지점으로부터 상류 쪽으로 이백여 장이나 거슬러 오른 곳이다. 게다가 수심은 삼십여 장으로 매우 깊어진 상태다.

혈룡당주는 백여 장 이상 길게 이어진 수중 절벽 앞에 이르렀다.

절벽 전체와 바닥에는 수많은 수중식물이 붙은 채 자라고 있어서 절벽이 보이지 않을 정도다.

그는 이곳에 이르기 직전에 피 맛을 놓쳤다. 아니, 피가 자취를 감춘 것이다.

그는 피를 흘리고 있는 누군가가 강에서 나갔거나 피 흘리는 것을 멈췄을 것이라고 판단했다.

강에서 나갔다면 밖에서 대기하고 있는 수하들에게 발각됐을 텐데 아직 아무런 소리도 들리지 않는 것으로 미루어 피를 흘린 자는 아직 강에 있는 것이 분명했다.

혈룡당주는 힐끗 수면 위를 쳐다보았다. 수면 위로 병풍처럼 높이 솟아 있는 절벽이 물결에 일렁이면서 보였다.

그는 실종자를 찾기 위해서 지옥도 곳곳을 이 잡듯이 뒤졌기 때문에 지금 이 위치가 어딘지 너무도 잘 알고 있다.

이곳은 수면 위로도 절벽이 이십여 장이나 솟아 있어서 절벽 위에서 아래를 내려다보면 단지 시퍼런 물과 그 속에서 일렁이는 무성한 수초들만 보였을 뿐이다.

그러니 실종자가 이곳 강물 속에 숨어 있었다면 그동안 찾아내지 못했던 것이 너무도 당연한 일이다.

혈룡당주와 다섯 명의 수하는 절벽을 이 잡듯이 살피기 시작했다.

절벽이 수상했다. 수초 사이에 틈이나 동굴 같은 것이 있는 게 분명했다.

그때 혈룡당주로부터 삼 장쯤 떨어진 상류 쪽을 살피던 수하 한 명이 빠르게 손짓을 해 보였다.

혈룡당주와 수하들이 즉시 다가가자 그곳에 있던 수하가 위에서 아래로 휘장처럼 길게 늘어진 수초를 들춰주었다.

그러자 그 안쪽으로 곧게 뻗은 제법 깊은 수중 동굴이 고스란히 드러났다.

'어서 돌아가자. 진아가 기다리겠다.'

단운비는 하류를 향해 빠르게 유영하기 시작했다.

그의 왼손에는 목을 비틀어서 죽인 금빛의 자라 귀별금보 두 마리의 머리가 틀어쥐어져 있었다.

귀별금보 두 마리를 잡으려고 오늘은 꽤 멀리까지 왔다.

동굴이 있는 소를 벗어나 수심 오 장여의, 수심이 그리 깊지 않은 강을 오십여 장쯤 거슬러 오른 곳에 있는 또 다른 소까지 온 것이다.

그는 오늘만큼은 어떻게 해서든 두 마리의 귀별금보를 잡고 싶었다.

월경으로 기분이 우울해 있는 한소진을 기쁘게 해주고 싶다는 마음 때문이다.

이곳까지 올 때는 강물을 거슬러 오르기 때문에 속도가 늦지만, 돌아가는 길은 강물을 따라 하류로 내려가는 것이기 때문에 속도가 두 배 가까이 빠르다.

이미 동굴을 나선 지 한 시진 가까이 되어가고 있는 중이다.

그는 이 섬에 있는 동안 필요에 의해서 여러 종류의 자잘한 재주들을 배웠다. 물론 그것들은 그의 기억 속에 새겨져 있는 수법들이다.

예를 들면, 귀식대법을 더욱 발전시킨 양신대법(養神大法)이라는 것은 호흡을 하지 않은 채 최장 다섯 시진까지 활동을 할 수가 있는 신묘한 수법이다.

양신대법을 전개하려면 보통 운공조식을 하는 시간의 서너 배에 해당하는 반 시진에 걸쳐서 특수한 방법으로 다량의 공기를 흡입하여 체내 각 부위에 저장해 놓는다.

그 후에 호흡을 하지 않으면서 체내에 저장된 공기를 최소한으로 꺼내서 사용하는 것이다.

단운비는 양신대법 외에도 자잘한 십여 종류 수법을 배웠
다. 그것들은 동굴 생활을 하고 또 수중 활동을 하는 동안 필
요에 의해서 배우게 된 것들이다.

'후후, 잠들었으면 귀별금보의 목을 잘라서 진아의 입에
물려줘야지.'

그런 생각을 하면서 단운비는 입가에 흐뭇한 미소를 지으
며 더욱 빠르게 유영을 했다.

스으…….

동굴의 작은 연못 수면 위로 하나의 머리가 느릿하게 솟아
올랐다.

그는 혈룡당주와 함께 온 수하 중 한 명인데, 날카로운 시
선으로 동굴 내부를 빠르게 쓸어보았다.

다음 순간 그의 시선이 한곳에 멈추면서 눈동자가 흐릿한
광채를 발했다.

그의 시선이 멈춘 곳은 연못에서 이 장 거리에 있는 동굴
구석의 침상 옆 바닥이다.

그곳에는 벌거벗은 한소진이 연못을 등진 채 한껏 웅크린
자세로 누워 있었다.

침상에 누우면 피로 더럽혀질까 봐 침상 바로 아래 바닥에
서 잠든 것이다.

흙을 돋우어 바닥보다 반 자 높게 하고 마른 수초를 깔아놓

은 곳을 침상이랍시고 더럽히지 않으려는 한소진의 기특한
마음을 뉘라서 알까. 단운비만이 알 것이다.

스슥…….

수하를 시작으로 혈룡당주와 나머지 수하들이 연이어 빠
른 동작으로 연못 밖으로 올라섰다.

혈룡당주는 우뚝 서 있고, 세 명의 수하는 빠르게 주위로
흩어지면서 동굴 내부를 살피기 시작하고, 나머지 두 명은 미
끄러지듯이 한소진을 향해 다가갔다.

능숙하면서도 날렵한 행동. 그것만 봐도 이들이 고도로 훈
련된 고수들이라는 사실을 알 수 있다.

후두두.

그러나 아무리 기척을 내지 않는다고 해도 젖은 옷에서 바
닥으로 떨어지는 물은 어쩔 수 없다.

내공이 오십 년에 달하는 한소진이 그 소리를 듣지 못할 리
가 없다.

그녀는 잠에서 깨자마자 반짝 눈을 떴다. 반사적으로 단운
비가 돌아온 것이라고 생각했다.

후두두둑.

그러나 다음 순간 그녀는 바닥에 떨어지는 물소리가 다르
다는 것을 간파했다.

단운비는 옷을 입고 있지 않기 때문에 연못에서 나온 직후
에 물을 조금 떨어뜨리고 그 이후로는 가끔씩 뚝뚝 흘리는 정

도로 그친다.

그런데 지금은 물이 계속 떨어지고 있으며 그것도 동굴 곳곳에서 들려오고 있다.

'침입자다!'

그렇게 단정을 짓는 순간 한소진은 온몸이 경직되고 머릿속이 텅 비는 것을 느꼈다.

놀라움도 당황함도 초조함도 없다. 그저 멍할 뿐이다. 너무나도 큰 충격 때문이다.

이런 순간이 찾아올 것이라곤 눈곱만큼도 생각한 적이 없었기에 충격은 더욱 컸다.

멍했던 정신이 바닥이 보이지 않는 까마득한 낭떠러지 아래로 끝없이 추락하는 것 같은 느낌이 뒤를 이었다.

무엇을 어떻게 해야 할지 몰랐다. 마치 백치가 되어버린 기분이다.

그런데 어느 순간부터 작은 불씨 같은 생각 하나가 가슴속에서 조그맣게 일렁였다.

그러더니 잠시 후에 그 불씨가 확 커지면서 한소진의 머릿속에 종소리를 울렸다.

'이대로 있다가는 이자들에게 당하고 만다. 나는 절대로 죽을 수 없어!'

이상하게도 죽는다는 것은 그다지 두렵지 않았다. 다만 죽게 되면 두 번 다시 단운비를 보지 못할 것이라는 생각만이 머릿속에 가득 찼다.

공포심이나 당황함 대신 기필코 살아야 한다는 각오가 불꽃이 되어 그녀의 온몸으로 확산되었다.

그녀는 웅크린 자세에서 손가락을 꼼지락거렸다.

그러자 손바닥 안에 단단하고 익숙한 물체가 쥐어져 있는 것이 느껴졌다.

부친이 물려준 가문의 보검 풍우백인(風雨白刃)이다. 단운비가 없을 때에는 만약을 대비해서 언제나 손에서 놓지 않는데, 역시 지금도 변함이 없다.

투두두.

물 떨어지는 소리가 그녀의 바로 뒤에까지 이어지다가 갑자기 멈추었다.

두 명의 혈룡당 수하, 즉 혈룡검수(血龍劍手)는 눈부시게 희고도 늘씬하며 풍만한 벌거벗은 여체의 뒷모습을 묵묵히 굽어보았다.

그들이 고도로 훈련된 고수들이기는 하지만 가히 우물(尤物)이라고 해야 옳을 정도로 눈부시게 아름다운 여체를 목전에 대하고는 눈빛이 가볍게 흔들릴 수밖에 없었다.

더구나 이런 곳에 이토록 아름다운 여자가 있을 것이라고는 예상하지 못했던 그들이다.

[뭣들 하느냐?]

그때 혈룡당주가 전음으로 가볍게 꾸짖었다.

그리고는 두 명의 혈룡검수가 반응을 보이기도 전에 한소진을 보며 차갑게 내뱉었다.

"계집, 일어나라."

한소진은 움찔 놀라며 몸을 떨었다. 이미 깨어 있었지만 놀란 체하는 것이 아니라 갑작스럽고도 싸늘한 혈룡당주의 말에 정말로 놀란 것이다.

그녀는 한 손으로 바닥을 짚고 상체를 부스스 일으키며 적이 놀라는 표정으로 뒤를 돌아보았다.

그것 역시 일부러 그러는 것이 아니라 낯선 자들의 방문과 자신이 이들을 죽일 수 있을까 하는 불안감 때문에 정말 극도로 긴장을 했기 때문이다.

"아, 누구세요?"

그녀는 잔뜩 겁먹은 표정을 지으면서 두 팔로 젖가슴을 가리고 부스스 일어섰다.

그녀가 얼굴마저도 절세적인 미모인데다, 일어서자 더 이상 완벽할 수 없는 몸매가 고스란히 드러나자 이번에는 혈룡당주마저도 적잖이 놀란 표정을 지었다.

혈룡당주와 다섯 명의 수하는 한소진을 물끄러미 쳐다보기만 할 뿐 아무도 입을 열거나 행동을 취하지 않았다.

한소진은 얼굴과 두 눈에 가득 놀라움과 두려움을 담고 가늘게 몸을 떨었다.

두려움 속에서도 그녀는 이들이 이 섬에 버려진 자들이 아니라 자신들을 중원에서 납치해 와서 이곳에 버린 자들일 것이라는 생각이 들었다.

그녀는 두 팔로 젖가슴을 가리고 있지만 오른손 안쪽에는 단검 풍우백인을 팔뚝 쪽으로 감추고 있었다.

얼굴에는 극도의 두려운 표정이 떠올라 있으며, 온몸을 가늘게 떨고 움츠리면서 더없이 애처로운 모습을 보인다.

절세적인 미녀가 나신으로 공포에 질려 있다. 그것이 혈룡당주를 비롯한 다섯 명의 혈룡검수들을 잠시 마비시켰다.

한소진은 자신이 이들을 다 죽이지 못할 것이라는 사실을 짐작하고 있다.

하지만 버티고 있으면 단운비가 돌아와서 함께 이들을 죽일 수 있을 것이라고 판단했다.

고도로 훈련된 고수들의 정신 마비는 그리 오래 지속되지 않았다. 그들은 곧 자신들의 임무를 떠올렸다.

"여기에 너 혼자 있느냐?"

이윽고 혈룡당주가 평소의 냉막한 표정을 되찾고 한소진을 주시하며 차가운 어조로 물었다.

"네……"

한소진은 혈룡당주의 눈길을 감히 마주 볼 수 없다는 듯 눈을 내리깔며 더욱 겁먹은 얼굴로 겨우 대답한다.

혈룡당주은 한소진의 얼굴이 사뭇 눈에 익은 것을 느꼈다.

그는 한소진을 뚫어지게 주시하다가 오래지 않아서 그녀

가 누군지 기억해 냈다.

그는 정확하게 일 년 하고도 한 달 열흘 전, 호북성 한천현(漢川縣)의 풍우문에 간 적이 있었다.

그곳에서 십육 세짜리 어린 소녀를 납치하는 것이 그의 임무였다.

임무는 성공했다. 그는 깊이 잠자고 있는 어린 소녀의 혼혈을 제압하여 풍우문을 떠났다.

그리고 딸의 납치를 알아차리고 추격을 하던 풍우문주 부부와 문하 고수 십오 명을 혈룡검수들이 모조리 살해했다.

자신이 직접 납치했던 소녀를 일 년이 훨씬 넘은 후에 이런 곳에서 보게 될 줄은 혈룡당주 자신도 예상하지 못했다.

그의 정확한 기억력은 소녀의 이름이 한소진이었던 것으로 알고 있다.

그러나 혈룡당주는 이와 같은 미묘한 해후에는 별다른 의미를 갖지 않는다는 듯 천천히 동굴 내부를 둘러보았다.

한쪽 구석의 침상 외에는 딱히 아무것도 눈에 띄지 않았다. 단지 한쪽 구석에 물고기 뼈와 짐승의 자잘한 뼈 따위가 흩어져 있을 뿐이다.

그로 미루어 그는 이곳에서 한소진 혼자 지난 일 년 이상 동안 지냈다는 사실을 의심하지 않았다.

"끌고 가라."

혈룡당주는 가볍게 고개를 끄덕이며 명령했다.

　그러자 한소진과 가장 가깝게 서 있던 두 명의 혈룡검수가 그녀에게 다가들었다.

　한소진은 얼굴에서 극도의 두려운 표정을 지우지 않은 채 재빨리 눈동자를 굴려 상황을 파악하면서 머릿속으로는 이들 여섯 명을 어떻게 해치우고 상대할 것인지에 대해 염두를 굴렸다.

　그때 가까이 다가온 두 명의 혈룡검수 중 한 명이 한소진을 향해 손을 뻗었다.

　손가락을 세우는 것으로 미루어 혈도를 제압하려는 것 같았다. 거기에서 한소진의 예상이 빗나갔다.

　그녀는 자신이 몹시 겁먹고 연약한 체하면 혈도를 제압하지 않을 것이라고 예상했던 것이다.

　그녀는 적 여섯 명이 한데 모여 있을 때 급습을 가할 생각이었다.

　그러나 혈도를 제압당하면 물거품이 돼버린다. 또한 지금 혈도를 제압하려는 자와 그 옆의 있는 자를 죽이면 우두머리를 비롯하여 네 명이나 남게 된다.

　그렇게 되면 급습을 하는 의미를 잃게 된다. 최초의 급습에 최대한 많은 실리를 거두어야 하기 때문이다. 누가 가르쳐 주지 않았으나 본능적으로 그것을 느꼈다.

　순간 한소진은 몸을 더욱 웅크린 채 혈룡당주를 향해 비틀거리면서 다가갔다. 되도록 여섯 명을 한자리에 모아두기 위해서이다.

“제발… 소녀를 집에 보내주세요. 네?”

막 그녀의 혈도를 제압하려던 혈룡검수는 손으로 허공을 더듬다가 급히 한소진의 뒤쪽으로 다가갔다.

한소진은 혈룡당주의 반 장 앞에 멈춰서 눈물을 흘리며 애처롭게 굽실거렸다.

“흑흑… 부모님이 너무 보고 싶어요. 집에 보내줘요.”

그녀가 굽실거리면서 상체를 심하게 움직이는 바람에 뒤에 서 있던 혈룡검수는 혈도를 제압하지 못하고 기회가 나기를 기다렸다.

혈룡당주는 눈 하나 까딱하지 않고 한소진을 쏘아보았다.

한소진은 혈룡당주가 아무런 반응이 없자 주변으로 모여든 혈룡검수들을 돌아보면서 구슬프게 눈물을 뿌렸다.

“흑흑… 저 같은 누이동생이 없나요? 왜 저를 납치한 것인가요? 제가 무슨 잘못을 했다는 건가요?”

그러면서 한소진은 자신의 뒤쪽에 두 명이, 그리고 혈룡당주의 좌우와 뒤에 세 명이 서 있는 것을 확인했다.

그녀는 눈물로 애원을 하면서 자신도 모르게 슬픔이 복받치는 것을 느꼈다.

부모님과 가족들이 보고 싶었다. 하지만 일 년 넘게 헤어져 있던 부모와 가족보다는 잠시 떨어져 있는 단운비가 훨씬 더 사무치게 그리웠다.

그에 대한 그리움과 이제 이렇게 끌려가면 다시는 그를 만날 수 없다는 생각 때문에 눈물이 멈추지 않았다.

"뭣들 하느냐?"

그때 혈룡당주가 슬쩍 눈살을 찌푸리면서 귀찮다는 듯 뒷걸음질쳤다.

그러자 그의 뒤에 서 있던 자가 옆으로 비켜섰고, 한소진의 뒤에 서 있던 두 명과 혈룡당주 좌우에 서 있던 두 명이 그녀에게 바짝 다가들었다.

한소진은 더 이상 미룰 수 없다고 판단했다. 이 기회마저 놓치면 어떻게 해볼 수 없는 상황이 되고 말 것이다.

암암리에 오십 년에 가까운 내공을 잔뜩 끌어올리고 있던 그녀는 내공을 두 팔과 두 다리로 보냈다.

그러면서도 얼굴에는 두려운 표정을 가득 떠올린 채 자신에게 다가들고 있는 네 명의 낯선 사내들을 둘러보았다.

순간 그중 한 명이 혈도를 제압하려고 그녀를 향해 손을 뻗었다.

한소진을 연약한 소녀로만 보고 전혀 염려하지 않는 태연한 동작이다.

찰나 두려움에 흔들리던 한소진의 두 눈에서 맑은 기광이 번쩍 빛을 뿜었다.

"……!"

그것을 발견한 혈룡당주는 순간적으로 움찔했다.

그 순간 실로 믿어지지 않는 광경이 혈룡당주의 눈앞에서 벌어졌다.

겁에 질려 웅크리고 있던 한소진이 육안으로는 보이지 않을 정도의 쾌속한 속도로 오른손을 우측에서 좌측으로 수평으로 그어대고 있었다.

스파아!

얼마나 빠른지 혈룡당주는 그녀의 오른손에 쥐어져 있는 단검 풍우백인을 미처 발견하지 못했다.

단지 그녀의 오른손에서 한 자 길이의 백색 길쭉한 빛이 뿜어져 나와 그것이 자신의 수하 두 명의 목을 긋고 있는 것을 발견했을 뿐이다.

한소진은 풍우백인을 우측에서 좌측으로 번개같이 그어대는 동작을 연속으로 빙글 반 바퀴 몸을 회전시키면서 뒤에 서 있는 두 명에게 각각 왼손과 오른발을 날렸다.

위잉!

왼손은 수도(手刀)로 세워 한 명의 목을 후려쳐 가고, 왼발 뒤꿈치로 또 한 명의 관자놀이를 가격해 갔다.

혈룡당주와 옆에 서 있던 혈룡검수는 자신들의 앞쪽 좌우에 서 있는 두 혈룡검수의 머리통이 목에서 분리되어 허공으로 둥실 떠오르는 것을 발견했다.

그리고 다음 순간 한소진이 허공으로 떠오르는 것과 동시에 뒤쪽 두 혈룡검수를 향해서 번개같이 손과 발을 날리는 것을 보았다.

칵!

"큭!"

한소진의 왼손 수도가 또 한 명의 목줄기를 후려쳤다. 완벽하게 익힌 적하산수의 수법이다.

그 일격으로 혈룡검수는 목뼈가 부러져서 즉사했다.

횡!

그러나 왼발 뒤꿈치는 그 옆에 서 있던 혈룡검수가 재빨리 상체를 뒤로 젖히는 바람에 그의 턱 앞을 아슬아슬하게 스쳐 지나갔다.

그것이 치명적이다. 왼발이 적중했다면 그 여세를 몰아 혈룡당주와 남은 한 명을 공격했을 것이다.

탓!

왼발을 실패한 한소진은 빙글 몸을 뒤집으면서 연달아 오른발로 그자의 얼굴을 공격해 갔다.

바로 그 순간 혈룡당주와 그 옆에 서 있던 혈룡검수가 어깨의 검을 뽑으면서 한소진을 공격해 나갔다.

차창!

빡!

한소진은 오른발에 묵직한 충격을 받았다. 발등으로 혈룡검수의 관자놀이를 부숴 버린 것이다.

하지만 그녀는 뒤쪽에서 발검하는 소리를 듣고 마음이 더없이 초조해졌다.

그렇지만 몸이 허공에 떠 있는데다 막 발길질을 하고 있는 상황에서는 혈룡당주들을 대응할 방법이 없었다.

한소진은 태어나서 이날까지 다른 사람과 싸워본 적이 한 번도 없었다.

이 섬에 내버려진 후에 몇 차례 공격을 당하고 또 불나방처럼 다른 사람을 공격했던 것은 후최면작술에 제압된 상태였기 때문에 싸움이라고 할 수가 없다.

지난 구 개월여 동안 이 동굴에서 단운비에게 몇 가지 무공을 배운 이후 처음으로 싸워보는 것이다.

그러므로 그녀에게 실전 경험 같은 것이 있을 리가 없다. 이런 상황에서는 어떻게 대처해야 하는지 그저 본능에 맡길 수밖에 없다.

다만 최선을, 아니, 죽을힘을 다할 뿐이다.

수도에 목뼈가 부러진 자와 발끝에 맞아 관자놀이가 부서진 자의 몸이 뒤로 붕 날아갔다.

한소진은 허공에 뜬 상태에서 미처 자세를 바로잡기도 전에 수중의 풍우백인을 뒤를 향해 내던졌다.

쉬익!

둘 중 한 명을 맞히고 나서 마지막 한 명을 상대하려는 계산이다.

팍!

"흑!"

작은 격타음과 한마디 답답한 신음 소리가 흘러나올 때, 한소진은 허공중에서 몸을 뒤집어 간신히 자세를 바로잡는 것과 동시에 자신을 향해 덮쳐들고 있는 자를 향해 벼락같이 우수를 뻗어냈다.

후웅!

팔성에 이른 소양신장이 그녀의 손바닥에서 뿜어졌다.

그러나 소양신장은 최소한 일 갑자 반, 즉 구십 년의 내공이 있어야 제 위력을 발휘한다.

대저 천하 무림을 통틀어서 구십 년 내공을 지닌 사람이 몇 명이나 되겠는가.

그 정도 내공이라면 아무 장력을 발휘해도 위력적일 터이다. 하지만 소양신장은 여타 장력과는 비교도 할 수 없을 정도의 가공한 위력을 지녔다.

어쨌든 한소진이 전개한 소양신장, 즉 장풍은 전력을 다했음에도 두 자 남짓 발출되었을 뿐이다.

그리고 그 위력도 소양신장이 지니고 있는 본래의 위력에 채 일 할에도 미치지 않았다.

만약 손바닥으로 상대의 몸을 직접 가격한다면 오십 년 내공이라도 큰 위력을 발휘할 테고, 그다음이 최대한 가깝게 적중시키는 것이다.

혈룡당주는 한소진의 상체를 향해 검을 베어가다가 그녀가 일장을 발출하는 것을 발견하고 움찔했다.

설마 그녀가 일류고수들도 전개하기 어려운 장풍을 발출할 것이라고는 예상하지 못했기 때문이다.

하지만 혈룡당주는 장풍이 뿜어지면서 허공을 울리는 발출음을 분명히 들었다. 의심의 여지 없는 장풍이다.

한소진의 단검과 권각술만 신경을 썼지 설마 장풍을 발출할 줄은 몰랐었기에 마음 놓고 공격해 들어가던 혈룡당주는 온몸이 완전히 노출된 상태였다.

펀!

그는 왼쪽 어깨에서 둔탁한 음향이 터지는 것과 둔중한 충격을 동시에 느꼈다.

한소진이 뻗고 있는 손바닥에서 한 자 반의 거리다. 틀림없는 장풍이다.

앞으로 쏘아 나가고 있던 혈룡당주의 몸이 뒤로 젖혀지면서 왼쪽으로 휙 돌아갔다.

그 순간 혈룡당주는 베어가던 검을 중도에서 찌르기로 전환하며 던졌다.

휙!

그리고서 그는 발끝이 바닥에 닿자마자 다시 튕기듯 앞으로 쏘아갔다.

푹!

그가 던진 검은 한소진의 오른쪽 어깨에 두 치 깊이로 꽂혔다. 경황 중에 던진 것이라서 깊숙이 꽂히지 않았다.

한소진은 뒤로 주춤주춤 두 걸음 물러나면서 왼손으로 검을 움켜잡고 뽑으려고 했다.

그때 득달같이 달려든 혈룡당주가 검파를 잡고 있는 힘껏 밀어 넣었다.

푸욱!

"흐윽!"

검은 한소진의 등 뒤로 튀어나왔고, 그녀는 힘에 의해서 뒤로 주르르 밀려갔다.

쿵!

그녀의 등이 진흙 벽에 부딪치면서 멈추었다.

파파팍!

순간 혈룡당주가 재빨리 왼손으로 그녀의 상체 세 군데 혈도를 짚어 마혈을 제압했다.

"으으으… 이놈! 어서 나를 풀어라!"

한소진은 붉게 충혈된 두 눈을 부릅뜨고 이를 하얗게 드러내며 잡아먹을 듯이 혈룡당주를 윽박질렀다.

조금 전까지만 해도 극도로 겁에 질렸던 모습을 지었던 사람과 동일인물인지 의심이 들 정도로 판이한 모습이다.

"헉헉……."

혈룡당주는 한소진의 마혈을 제압했으면서도 안심하지 못하고 오른손으로 잡고 있는 검을 검파까지 깊숙이 밀어 넣고는 잔뜩 움켜잡고 그녀를 쏘아보았다.

한소진은 자신의 어깨를 찌른 검날을 맨손으로 잡고 있었기 때문에 혈룡당주가 검을 깊숙이 찔러 넣자 손이 베어 피가 철철 흘렀다. 하지만 그녀는 추호도 아픔을 느끼지 않았다.

그녀는 지금이라도 단운비가 오면 혈룡당주쯤은 손쉽게 해치우고 자신을 구할 것이라고 생각했으나 연못 쪽에는 눈길조차 주지 않았다.

혹시나 그 작은 동작 때문에 혈룡당주가 눈치를 채지 않을까 염려해서다.

혈룡당주는 한소진이 으르렁거리기만 할 뿐 움직이지 못하는 것을 확인하고서도 안심하지 못하고 검파를 움켜잡은 채 동굴 내부를 재빨리 둘러보았다.

한소진의 최초 단검 공격을 당한 두 명의 수하는 똑같이 목이 잘려져서 몸과 수급이 따로 떨어져 있었고, 쓰러져 있는 몸뚱이와 머리통에서는 아직도 뜨거운 피가 콸콸 쏟아져 나오고 있었다. 즉사다.

그녀의 수도에 가격당한 자는 목이 부러진 채 쓰러지자마자 즉사했고, 발끝에 관자놀이가 박살 난 자도 뒤로 날아가는 도중에 즉사했다.

그리고 혈룡당주와 함께 한소진을 공격하던 마지막 혈룡검수는 목 정중앙에 단검 풍우백인이 검파만 남긴 채 꽂혀서 쓰러진 상태에서 몸을 푸들푸들 떨어대고 있었다.

아니, 혈룡당주가 쳐다보고 있는 중에 입에서 피거품을 토해내다가 숨이 끊어졌다.

혈룡당주는 험난한 강호에서 산전수전 두루 겪은 인물이지만 이처럼 참혹한 광경을 보는 것은 매우 드문 일이다.

더구나 그런 모습으로 죽은 자들이 자신의 수하인 경우는 처음이다.

"이놈아! 지금 당장 나를 풀어주지 않으면 언젠가는 네놈의 온몸을 갈가리 찢어발기고 말 테다!"

혈룡당주는 이성을 잃은 채 핏빛 눈을 번뜩이며 독설을 퍼붓고 있는 한소진을 쳐다보다가 문득 자신의 상전인 용전주의 말이 떠올랐다.

"삼천존께선 실종자를 찾아내면 그들이 최고 수준의 무살(武殺)이 될 것이라고 말씀하시더군. 그러나 내 생각에 그놈들은 이미 오래전에 죽은 것이 분명하다."

혈룡당주는 자신의 최고 상전인 삼천존의 안목이 정확하다는 사실을 방금 전에 깨달았다.

『풍림화산』 3권에 계속…

천마검섭전

임준후 新무협 판타지 소설

철혈무정로 1부

인세에 지옥이 구천되고 마의 군주가 현신하면
그 누구도 그를 막지 못하리라!
이는 태초 이전에 맺어진 혼돈의 맹약. 육신에 머문 자나
육신을 벗은 자나 누구도 파할 수 없는 구속의 약속일지니……

주검과 피, 그리고 살기가 강물처럼 흐르는 전장에서
본연의 힘을 되찾게 되는 신마기!
신마기의 주인은 전장을 거칠 때마다 마기와 마성이 점점 더 강해져
종국에는 그 자체로 마(魔)가 된다……

제어되지 않는 신마기…
이는 곧 혼돈의 저주, 겁화의 재앙이다!

유행이 아닌 자유추구 -
WWW.chungeoram.com
Book Publishing CHUNGEORAM

일류 新무협 판타지 소설

천산마제

내일을 기약할 수 없는 땅, 천산.
소녀로부터 은자 한 닢의 빚을 진 소년 용악.
청년이 된 용악은 천산의 하늘이 된다.

하늘을 가르고 땅을 뒤엎는다!
한 호흡에 만 개의 벽(壁)!!
지금껏 내게 이빨을 드러낸 것들은 모두 죽었다.

은자 한 닢의 빚을 갚으며 시작된
십천좌들과의 승부.
오너라! 천산의 제왕, 천산마제가 여기 있다!

유행이 아닌 자유추구 -
WWW.chungeoram.com
Book Publishing CHUNGEORAM

유행이 아닌 자유추구 -
WWW.chungeoram.com
Book Publishing CHUNGEORAM

長虹貫日

장홍관일

월인 新무협 판타지 소설

세상은 언제나 정의가 승리하고,
그래서 사필귀정(事必歸正)이라고?

개소리!

세상은 나쁜 놈들이 지배하지.
그러나 그놈들은 아주 교활해서 절대로 나쁜 놈처럼 안 보이지.
현재 무림을 지배하고 있는 백도의 어떤 인간들처럼……

암제혈로

설경구
新무협 판타지 소설

―떠나세요, 가능한 한 멀리.
―하나만 기억하세요. 일단 살아남아야 후일을 도모할 수 있습니다.
―떠나.

오랫동안 연락이 두절되었던 이들이 약속이라도 한 듯 찾아와
꺼낸 이야기들과 함께 시작되는 집요한 추적.
그리고 거대한 음모에 휘말려 억울한 누명을 쓴 채로
오직 살아남기 위해 필사적으로 도주하는 한 사내, 진가흔.

"왜 하필 나입니까?"
"자네가 가장 적당하기 때문이지."
"아시겠지만 그를 죽인 것은 제가 아닙니다."
"물론 알고 있네. 그런데 말일세… 그래도 그를 죽인 것이 자네라는
사실은 변하지 않네."

누구를 믿어야 할까.
적아도 명확하지 않은 상황에서 이유조차 모른 채 도주하던
한 사내의 역습이 시작된다.

유행이 아닌 자유추구 ―
WWW. chungeoram.com
Book Publishing CHUNGEORAM